― 書き下ろし長編官能小説 ―

ふしだら近所づきあい

梶 怜紀

竹書房ラブロマン文庫

目次

この作品は、竹書房ラブロマン文庫のために
書き下ろされたものです。

第一章　美女講師の淫らアトリエ

1

「ちわー、フローリスト竹中《たけなか》ですぅ」

「あら、お花屋さん、ご苦労さん。お花はそこの冷蔵ケースに入れておいてもらえます？」

「はい、かしこまりましたぁ」

ドアを開いて顔を覗《のぞ》かせたのは山崎涼子《やまざきりようこ》、三十三歳。フラワーデザイナーで、昨年から石上町《いしがみちよう》のマンションでフラワーアレンジメント教室を主宰している。怜悧《れいり》な美女でちょっと近寄りがたい雰囲気の持ち主である。

花にたとえるなら、大輪の百合《ゆり》といったところか。

配達に来たのは竹中季之《としゆき》。生花店「フローリスト竹中」の主人で四十歳。この石上町商店街で五十年続いている花屋の三代目である。

この教室は、季之の行きつけの喫茶店「ＳＡＷＡ」の女主人、奥山佐和《おくやまさわ》が紹介してくれた。涼子はそれまで使っていた納入業者の対応に不満があったようで、あっさりと切り替えてくれた。ありがたいことに、週二回コンスタントに注文がある。

明日が教室ということで、前日に花を配達する。これが涼子のやり方だそうで、これから涼子は、教室用に花の長さを切り揃えるなど、様々な事前準備をするらしい。

季之は持参した花をどんどん冷蔵ケースのバケツの中に移していく。何度か配達用の軽バンと行き来して、注文分を全部移し終えた。

「すみません。伝票に受け取りのサインをお願いします」

涼子は、教室にいた。季之は伝票とボールペンを取り出して、教室の中に入っていく。

「あのぉ、お仕事中に申し訳ないんですけど……」

教室では涼子が大きなアレンジメントフラワーの前で腕組みをして考え込んでいた。

季之の声に、ハッと気づいたように季之の方を向いた。

「ああっ、ごめんなさい。伝票にサインでしたわね」

涼子は、腕組みを解《と》くと、つかつかと季之の方に向かってきた。季之が伝票を渡そうとすると、彼をまじまじと見た。

「あら、竹中さん、なかなかいい体つきだわね」

そう言って、振り向き、今までじっと見ていたアレンジメントフラワーを確認すると、再度季之を見た。

「竹中さん、大変申し訳ないんだけど、ちょっとお手伝いしてもらえないかしら」

「今日は、ここで配達も終わりですし、私ができることでしたら、何《なん》でもお手伝いしますよ」

週に二回は必ず大量のお花を買ってくれる得意先だ。安請合《やすうけあい》した。

「ありがとうございます。助かります」

「どういたしまして。で、何をすればよろしいんですか？」

「ちょっとそこに、立ってもらってもいいですか」

涼子が指示したのは、アレンジメントフラワーの後ろ側だった。

「はい。ここでよいでしょうか」

もちろん立つぐらいはいつでもする。言われた位置に移動して涼子を見た。

「ちょっとポーズ取ってもらってもいいですか？」

「どんなポーズですか」

「なんか、躍動感を感じさせるポーズがいいんですけど」

そう言いながら、涼子はいくつかポーズをとる。季之は、見様見真似《みようみまね》でポーズをとって見せた。しかし、涼子は今一つ気に入らないらしい。

「うーん」

というと、腕組みをした。しばらく、季之と花を見比べていたが、諦めたように言った。

「竹中さん。ここまでいろいろお願いしたついで、と言ったら申し訳ないのですが、裸になって貰《もら》えますか？」

「えっ、裸ですか？　どういうことですか？」

驚いた季之は涼子に尋ねた。

涼子の説明はこうだった。

知人の写真家から、男性のヌード写真の撮影で使う花のアレンジメントの依頼を受けた。明日の朝スタジオに運び込むので、今日中に作成しなければいけないのだが、急病でモデルがいないとどうにもバランスがつかめない。モデルは依頼していたのだが、急病でキャンセルされてしまい、代理の人もいないという。そこに困り果てているところに、季之が来た。

「それで、私はポーズをとらされていたわけですね」

「はい。で、着衣でも、何となくいろいろなことが分かってきたんですけど、やっぱりね、ぴんと来ないところがあるんですよ」

「はあ……」

「もともと、ヌードの男性モデルでバランスを見るつもりだったんです。で、そこのところを竹中さんにお願いできないかと思って……」

「いや、ちょっと、それは……」

「もちろん、異常なお願いだってことは分かっているんです。でもあたしも、自分で納得のいかない作品を出すのは、どうしてもいやなんです。助けると思って、お手伝いいただけませんか？」

涼子は拝むように手を合わせてきた。

「私は出入りの花屋に過ぎませんよ。ちょっとそれは勘弁してください」

季之は後ずさりする。

「そう仰《おつしや》らずにお願いします。竹中さんが私のインスピレーションにぴったりなんです。服着ていてもこれだけぴったりなんだから、ヌードになったら、もう絶対確実なんです」

「それは、そうかもしれませんけど……」

季之は逡巡する。

「そうですよね。無茶なことをお願いしているとは分かっているんですけど……」

伏し目になった涼子の表情が暗い。

「竹中さんなら一番インスピレーションが湧くんだけど……」

残念そうにつぶやく。

それから最後のお願いとでもいうように、切々とした表情で季之に訴えた。

「なんとか助けて下さい。竹中さんだけが頼りなんです」

すがり付くようにして、深々とお辞儀をされる。

ここまで言われたら、もう断ることはできなかった。

「分かりました。私の裸なんか、そこいらの中年男の裸ですよ。それでもいいんですね」

念を押しながらシャツを脱ぎ、上半身裸になる。続いて、ズボンも脱ぎ、ブリーフ一枚になった。

「これでいいですか?」

「すみませんが、パンツも脱いで全裸になって貰えますか？」

ここまで来たら、断る理由はない。季之はやけくそ半分でブリーフも脱ぎ、自分の股間を涼子に突きつけてやった。

涼子は、季之の股間を見て、一瞬驚いたように表情が変わったが、その後はてきぱきと指示を出し、季之にポーズをとらせた。その上で、アレンジメントの修正を図《はか》り、ほんの十分ほどで梱包《こんぽう》まで済ませた。

「ああっ、これでできた」

涼子は、大きなため息をついて、ほっとしたように言うと、季之のところに駆け寄ってきた。抱きつくような勢いだ。

「本当に、ありがとうございました。今日はもう予定がないんですよね」

「はい、特には……」

店に戻れば仕事はいくらでもあるが、そこは、他の従業員が対応してくれるだろう。

「だったら、ちょっとこっちに来ていただいてもいいですか？」

「ちょ、ちょっと、私、まだ裸ですよ」

「裸で大丈夫ですから……」

そう言った涼子は、季之の手を引くと、教室の反対側にあるドアを開け、その中に入るように促《うなが》した。

2

電灯がともされた。

「ここ、お教室の準備室なんです。あたしのアトリエ兼休憩室でもあるんです」

確かにいろいろな花器などが雑然と置いてある。もうひとつ目を引いたのは、部屋の奥にあるベッドだ。季之はそのベッドに座らされた。

「今日は、どうもありがとうございました」

隣に座った涼子は、そう言いながら、季之の股間に手を伸ばしてきた。

「えっ、何を……！」

長い指を肉茎に絡《から》ませる。

「気になさらなくていいんです。これが、あたしの気持ちなんですから……」

手筒でゆっくりと肉棒を扱《しご》きながら、涼子は自分のシャツのボタンを外し始める。

「ちょ、ちょっと待ってくださいよ」

「あたしじゃ、いやですか……？」

「そ、そういうことではないんですけど、あまりにも唐突だったんで……」

「奥さんに叱られます？」

「それは独身なんで、大丈夫なんですが……、それより、見ず知らずの男を連れ込んで、こんなことをしているなんていう噂が立ったら、山崎さんの方が困りますよ」

「竹中さんは見ず知らずじゃありません。今日だって、無理なお願いを聞いてくださるぐらい、よく知った方ですよぅ……」

涼子はシャツを脱ぎ捨てた。上半身はブラジャー一枚だ。こんもりした乳房が鮮明になる。

「ほんとうにいいんですか？　僕はしがない花屋ですよ。何で僕なんですか？」

「だって、竹中さん、いい男ですし、セックスも上手そうなんですもの……」

「でも、カレシとかに悪くないですか？」

これほどの美女だ。彼氏がいないはずがない。

「いたって関係ないし、現実には残念ながら、今、空き家なんです。あたしも殿方と久しく縁《えん》がなかったので、竹中さんのこれを見たら、急にして欲しくなっちゃって……」

季之の逸物は、涼子の掌の中でだんだん硬くなり始めている。

涼子の目が潤《うる》み、目元がポッと赤くなっている。

涼子がベッドの前で跪《ひざまず》いた。

瓜実顔《うりざねがお》に富士額《ふじびたい》、それに切れ長の眼と典型的な美人顔。そんな美人がこんな格好で自分の前にいると思うだけで、心臓の鼓動が二割、三割上がりそうだ。

「そんなに硬くならないで、こっちを向いてくださいよぉ……」

「は、はい」

ぎこちなく顔を向けると、自分の顔を見上げる涼子の美貌があった。

「あっ、あっ、山崎さん……」

「そんな他人行儀な呼び方止めて、涼子って呼んで。あたしも季之さんって呼ぶから」

「は、はい、涼子さん」

「違うわ。涼子さんじゃなくて、涼子。あたしの方がずっと若いんだから、季之さんはもっと威張っていいのよ」

「そ、そんな、涼子さんはお客様ですよ……」

「そんなこと関係ないわ。今から季之さんがここから出ていくまで、あたしは季之さんの言いなりになる。だから、季之さんは、あたしと自分が気持ちよくなるように考えて、あたしに命令して欲しいの……」

「それって、エッチな命令を出して欲しいということですか？」

「はい」

涼子は大きく頷《うなず》きながら答えた。

「例えば、僕がフェラしろ、って言ったら、してくれるんですか？」

「もちろんです」

「じゃあ、フェラしてください」

期待を込めて命令すると、涼子は全く躊躇《ちゆうちよ》しなかった。

「ああっ、おち×ちんをお口にするの、久しぶりなんです」

美女は大きく口を開けると、早速肉棒の先端に舌を伸ばした。チロッと舐《な》めると、悪戯《いたずら》っぽい表情で、季之を見上げる。

「大きいんですね」

「そうですか？」

「ほんとうに大きいですよ」

「大きいおち×ちんって、お好きなんですか？」

「ええ、それはね。女ですから……」

涼子はゆっくり擦《こす》り始めながら答える。

「じゃあ手と口で、好きにしていいですよ。あっ、でも、僕だけ全裸でフェラされるのも何だから、涼子さんもできれば、は、裸になって、ほ、欲しいなあ……」

季之はドキドキしながら注文する。

「ダメですよ」

「やっぱり駄目ですか？」

諦めたように言うと、涼子は首を横に振った。

「季之さんはお願いするんじゃないんです。命令するんです。だから、涼子、裸になれ、って仰ってくれればいいんです」

「こうですか？　涼子、裸になりなさい」

「そう、そうです。あたしに敬語なんか使わないでください」

そう言いながら、スラックスに手を掛けた。季之はその手を抑《おさ》えるようにして言った。

「わかりま……わかったよ。でも、どうせだったら、明るいところで裸になって欲しいな。そうだ、教室でストリップをやって貰おう」

「えっ、でもそれは……」

「僕の命令は聞いてくれるんだよね」

「でもお教室で裸になるのは……ちょっと許してください」

「僕だって、教室で裸にさせられたよ。涼子は教室で脱がないというのはずるくない？」

「まあ、そうですけど……」

「ほら、諦めて、教室でストリップするんだ」

季之は涼子の手を引いて教室に連れ出した。

「季之さんって、案外強引なんですね」

「そうだよ。中年のオヤジにエッチな命令をしてください、なんて頼む悪い子にはお仕置きが必要だからね。さあ、ここで裸になりなさい」

上半身ブラジャー姿の涼子が、ホワイトボードの前に立った。

ブラジャー姿でも十分妖艶《ようえん》で、かつプロポーションのよさが引き立つ。身長は一六五センチぐらいだが、全体的にスリムで、腰の括《くび》れが綺麗に決まっている。それでいて乳房の膨《ふく》らみはたっぷりあり、怜悧な美貌と相俟《あいま》って、息を呑む美しさだ。

「どういう順で脱ぎましょうか」

観念した涼子は尋ねてきた。

「それはお任せするけど、脱ぐものを説明しながら脱いでね」

「分かりました。では、スラックスを脱ぎます」

涼子は冷静に言いながらベルトを緩《ゆる》め、スラックスを脱ぎ落とした。それを拾い上げると綺麗に畳んで机の上に置いた。続いて、パンストを脱ぎ、ブラジャーとショーツ一枚の姿になった。

それからも説明しながら、ブラジャーとショーツを脱ぎ去り、涼子は全裸姿で季之の前に立った。

毅然《きぜん》としていると言いたいところだが、さすがに明るいところで裸になるのが恥ずかしいのか、両手で股間と乳房を隠している。

「涼子、気を付けの姿勢を取るんだ。隠さないで全部を見せなさい」

ご主人様口調で言ってみる。

涼子は恥ずかしげにおずおずと手を離し、セピア色の乳首と黒色の叢《くさむら》で彩《いろど》られた股間を顕《あら》わにした。命令を受ける美女は儚《はかな》げで、抱きしめたら折れそうだ。

「綺麗なヌードだ」

「本当ですか？」

事実涼子の裸は美しかった。手足が長く細く、腰の位置が高い。ウェストがしっかりくびれていて、その分蜂のように腰が張っている。乳房はDカップぐらいだろうか。

特別巨乳ではないが、なで肩に似合った円錐型の美乳は柔らかそうな感じで、ふるふる揺れている。

「うん、花屋の僕が言うのも何だけど、涼子のヌードはどんな花よりもきれいだよ」

「季之さんにそう言って貰えると、嬉しい……」

涼子は季之に抱きついてきた。涼子の形のよい唇が、季之の唇に覆《おお》いかぶさってくる。顔が近づいてくるとますます美人に見えるから、この美しさは本物だ。されるままにしていると、涼子はじれったそうに男の身体を抱きしめる。

小さく唇を啄《ついば》んでくる。それに呼応するように口を開くと、当たり前のように舌が侵入してきた。涼子の舌と思うだけでも美味《おい》しい。

その動きがまた絶妙だ。涼子の舌の動きに合わせて、自分の舌も動いてしまう。その動きに乗せられているだけで幸せを感じてしまうのだ。

涼子の舌が、歯の表面を探るように左右に動く。季之もお返しと言わんばかりに美女の歯を探っていく。

(今まで、どんな恋愛をして、こんなにキスが上手になったんだろう……？)

熱のこもった一心不乱のキスが、四十男の気持ちを蕩《とろ》けさす。

二人は、キスを続けながら、よろけるようにして、またベッドまで移動した。ベッドの上に倒れ込む。

季之は美女講師の美乳を撫で始める。

それに対抗するかのように、涼子もまた、季之の肉棒をゆるゆると扱き始める。

「凄くキスが上手だね」

「季之さんがお上手だからですわ……」

「いろんな人に教わってきたんじゃないか……？」

「そんなことないです」

「でも、三十三の今まで、たくさん恋愛してきた感じがするよ」

「うふふふ。普通だと思いますけど……」

「そう言うなら、経験人数を教えてよ」

「ああっ、言うんですか……。えーと、多分男の方は五、六人ぐらいだと思います」

「三十三で五、六人って、少なくない？」

「そんなことないですよ。もちろん、遊んでいる子もいっぱいいると思いますけど、大学は女子大で、男の方とはあんまり縁がなかったから……」

「へえ、真面目だったんだね……」

経験人数が少ない割には手慣れた感じがする。季之は皮肉を込めた口調で言った。

見た目はお淑《しと》やかそうな和風美女だが、実際は、相当発展家だったに違いない。

「ということは、初体験は結構遅かったたっていうこと？　大学卒業後とか？」

それはないだろうと思いながらも、訊いてみる。

「いくら何でもそれはないですよ。それでもあたし結構奥手《おくて》で、最初は高校二年生でした」

「相手はカレシ？」

「はい、先輩で、初カレでした」

「デートとかしたときの流れで……みたいな？」

「親がいない先輩の家に遊びに行って、あとは成り行きで……。まあ、ありきたりですね」

乳房への愛撫とキスの合間に、涼子の過去の経験を暴き出していく。

「エッチした人が全員恋人、という訳じゃないよね」

「それはね。この歳になれば、いろいろな経験もしていますから……。それよりそういう季之さんの経験はどうなんです……？」

「恋人でもない男の経験を知ってどうするの？」

「興味があるんです。普通の男の人って、本当はどれぐらい経験があるのか？」

「涼子といい勝負かな」

嘘ではない。高校までは全くの根暗で彼女がいたことはなく、初体験は大学に入ってからだ。その後数人の彼女と付き合ったが、結婚に至ることはなく、十年ほど前に家業を継いでからは恋人がいたことすらない。

「じゃあ、ムラムラしたときとかって、どうしているんですか？」

「そりゃあね。自分で処理するか、お金払って処理してもらうかでしょ……」

「わあ、寂《さび》しい！　こんなに立派なものを持っているのに……」

涼子は軽く扱き続けていた肉棒をぎゅっと握りしめた。

「それにしても、季之さんの元カノって、勿体《もったい》ないことしましたわね……」

「そうかな？」

「だって、こんなに凄いおち×ちんの持ち主と別れたら、新しい彼とエッチしたって全然楽しくないと思いますもの……」

涼子は股間に顔を寄せ、逸物を両手で包み込む。

「ドクドクいっている。聞いているだけで、あたしのあそこも熱くなりそう……」

熱に浮かされたように言った。

「手と口で好きにしていいよ」

「ウフフフ、ありがとうございます。では遠慮なく」

美女は大きく口を開けると、早速肉棒の先端に舌を伸ばした。チロッと舐めると、悪戯っぽい表情で、季之を見上げる。

「ほんとうに大きいわ」

「大丈夫？　できる？」

季之はもちろんフェラチオをされた経験もそれなりにある。風俗店では必須のメニューだし、いまだかつてできなかった子はいない。だから涼子だってできないはずはないのだが、その見かけゆえか、自分の太いものが、それとさほど変わらぬような小顔の美女に飲み込めるものだろうかと心配になった。

「それは、大丈夫ですよ。あたしの口、結構大きいんですよ」

そう言って口を大きく広げると、肉棒全体を中に送り込み、舌と唇で挟み込んだ。美貌が歪《ゆが》む。しかし、そんなことは気にもかけず、顔を前後に動かし始めた。涼子の舌が、波打った肉茎表面を前後に行き来する。

ダイナミックなフェラチオだった。しかし、ダイナミックにもかかわらず、その舌《した》捌《さば》きは繊細で、下半身が痺《しび》れるような快感が襲う。

季之は思わず腰が浮きそうになったが、何とかこらえる。しかし、下半身の気持ちよさは半端《はんぱ》ではない。

『フェラチオを見れば、その女性が、今までに何人位の男性にフェラチオをしたのか、どんなセックスをしてきたのか、また、どんな風にセックスされたいと思っているのかということまで分かる』

そう言っていたのは、大学時代の遊び人の先輩だったか？　季之は突然、そんなことを思い出した。

というのは、涼子のフェラチオは、季之に快感を送り込むため、というよりは、自分が『季之の肉棒』というごちそうを味わい尽くそうとするフェラのように思えたからだ。

その攻め方は、季之にとって最近慣れ親しんでいる、風俗店のおざなりのフェラチオとは全然別ものだった。

涼子は季之の腰の動きに合わせるように膝立ちになり、上半身を前に動かす。今度は上から被《かぶ》せた形になって、一心不乱に上下に頭を動かす。

頭が動きながらも舌先が小刻みに裏筋やカリの部分を行き来する。その技術は絶妙と言うしかない。

「ああっ、き、気持ちいいよぉ」

あまりの気持ちよさに、お尻に震えが走る。

季之は、自分から涼子を攻めたいのだが、快感で手を動かすことができない。シーツをつかんだまま、涼子の攻勢に耐えた。

涼子の嵐のような激しいフェラチオは数分間続いたが、さすがにそれ以上は無理だった。

彼女は、肉棒全体を唾液《だえき》でヌルヌルにして遂に口を外した。

「あああっ、凄かったよ」

「季之さんのおち×ちん、ほんとうに大きくて、ごつごつしているから、おしゃぶりし甲斐《がい》があるわ」

涼子も肩で息をしている。

それでも、口から離した肉棒を手で握りしめ、上下に扱き続けている。

こんな嵐のようなフェラチオを仕込んだ男がいたのだ。

(かなり奔放に遊んできたんだ……。ということは……、過去の男たちに負けないようなセックスを期待されているのかな……。結構ハードル高いぞ)

季之はようやく我に返った。

自分だけ気持ちよくなっている場合ではない。涼子にも奉仕して、満足してもらわなければいけないのだ。

「とりあえず、フェラはいいから、もう少し涼子のことを、教えてよ」

季之は美女の身体を自分の方に引き上げて寝そべらせる。

「何ですか？」

涼子は、名残惜《なごりお》しげに手からペニスを離した。

「で、涼子の性感帯はどこなのかな？」

「うふふ、それは季之さんに探してほしいわ」

小悪魔的に微笑《ほほえ》む。

「そう言わずに、教えてよ」

季之はそう言いながら、右手を美乳に伸ばす。

「普通は、ここは性感帯だよね」

裾野に指をあて、ゆっくりとせり出すように揉《も》み上げていく。

「ああっ、いいわ。そこっ」

声が急に甲高《かんだか》くなったので、季之はびっくりして力を弱めた。

「ああっ、大丈夫です。季之さんたら、結構気持ちいい揉み方するから、声が出ちゃったんです」

切なそうに身悶えする涼子。

季之は特別なことをしたつもりはなかったのだが、涼子にはとてもよかったようだ。

「おっぱいをこうされるのが、好きなんだね」

裾野から上り、先端のセピア色部分をつまんで軽くひねる。

「ああっ、それも好きぃ……っ」

「じゃあ、乳首吸われるのも好きかな？」

「ああっ、吸ってくださるんですね。ああっ、好きです。きつく吸ってくれても大丈夫ですぅ……」

季之は涼子のその言葉が終わる前に、唇を乳暈《にゅううん》に密着させた。

舌先で乳首を舐《ねぶ》りながら、チューーッと吸引する。

「あっ、いいわっ。きつく吸われるのが好きなの……。もっと強く吸って欲しいの……」

その切羽詰まったような声が、男の気持ちをさらに過激にする。

乳首がすっかり屹立《きつりつ》している。そこに歯を立てて、軽く噛んでみる。

「ああっ、そうやって、歯を立てられるのも感じるぅ……。ああっ、いいのぉ……」

季之は歯で噛むのを止めて顔を上げた。

「なんか、おっぱい凄く感じやすいね」

「ああっ、恥ずかしい」

涼子は季之の首にしがみつき、顔を隠す。

「耳なんかが性感帯、という子もよくいるよね。涼子はどうなのかな……」

季之は、顔を背《そむ》けたせいで露《あら》わになった耳朶《みみたぶ》に「ふっ」と息を吹きかけてみる。

「ああっ、それもいいかも……」

「おっぱいや耳でこんなに感じるんだったら、あそこの感じ方はもっと凄いことになるんじゃない？」

「そ、そんなこと、ありません……」

「でも、それは試せば分かるよね。じゃあ、一番エッチなところの感じ方を試してみようか？」

「ああん、ダメですぅ。季之さん、上手なんだもの。あたし、恥をかかされてしまいますぅ……」

「もう、恥はしっかりかいてもらうよ。さあ、涼子の一番恥ずかしいところを僕に見せるんだ」

「ああん、恥ずかしぃ」

両手で股間を覆い、婀娜《あだ》っぽい目で見つめてくる。

（命令すればいいんだな……）

季之は口調を変えた。

「さあ、涼子。今日のご主人様にお前の一番淫乱《いんらん》な部分を見ていただくんだ」

季之は一抹《いちまつ》の不安を感じながらも、ご主人様口調で命令した。

「ど、どうすれば、よろしいのでしょうか？」

「三十三にもなって、そんなことも知らないのか？」

「ああっ、仰らないでっ」

季之のエスカレートした芝居がかった口調に合わせるように、涼子はよりマゾヒスティックな口調になる。

「両足を上げて、M字に開いて、両手で足を広げて、涼子の一番淫乱なオマ×コを僕に見せるんだよ」

「ああっ、こうでしょうか？」

涼子は勿体をつけるようなことをしなかった。顔を背けて季之と顔を合わせないようにしたものの、すぐにM字に足を開き、さらに指で秘苑の花弁をそっと開いてみせた。

季之がそこを覗き込む。そこは既に花蜜《はなみつ》が滴《したた》り落ちる寸前の状況だった。

「濡れているね……」

「だって、季之さんがあんなにおっぱいを可愛がってくださるんですもの……」

「そう言われると、僕はテクニシャンみたいだね」

そう言いながら、季之は左手の中指を蜜溢《あふ》れる花の中に突き込んでいく。

「あああーっ」

美熟女《びじゅくじょ》が言葉にならない声を上げた。

季之は涼子の蜜壺の中で指を鉤型《かぎがた》に少し曲げてやると、中を探索するようにゆっくりかき混ぜてやる。そうしながら自分の身体を涼子の隣に横たえ、右手は、形のよい乳房に再度あてがった。二つの快感を、少し時間差で味わえるように左右の指の動きを変えてみる。

涼子が思った以上に乱れる。

「ああっ、それーっ、ああっ、こんなことーっ、何で、ああっ、ああっ、ああっ、ああん……」

股間の指を動かすと、腰が痙攣《けいれん》しているかのようにびくびく動くが、乳房を揉むタイミングがさらにそれを増幅する。

人差し指でクリトリスも合わせて刺激すると、快感が累乗《るいじょう》になって迫《せま》ってくるようで、身体の動きも声も大きくなる。

「いやっ、いやっ、ああっ、ああっ、ああっ、あああーっ」

最後は腰をがくがく震わせ、宙に浮かせるようにして、ベッドの上に落ちた。

（こんなに感じやすい女なんだ）

まだ指でちょっと弄《いじ》っただけだ。本当のクンニや挿入になった時、どこまで乱れるのだろう。

3

ようやく最初のエクスタシーから覚めた美女が、季之を見て言った。

「季之さん、本当に素敵だわ。こんなに気持ちよくさせてくれるなんて……」

「えっ、本当？」

「うん、あたし、男の人として、こんなに気持ちよくなったこと、ないような気がするもの……」

季之だって、今までの人並みの（人並み以下かもしれないが）女性経験の中で、指だけで、これだけイッた女は、涼子が初めてだ。

逆に涼子が、本当にここまでイッたことがないなら、よほど相性のよくない男と付き合ってきたとしか思えない。

（フェラチオはあんなに上手なのに……）

季之は涼子が可哀想になると同時に自信がついた。

ありがたいことに、季之と涼子はセックスの相性が抜群のようだ。季之が好きに涼子を扱《あつか》えば、涼子は最高のエクスタシーを感じることができるに違いない。

「これから、もっと気持ちよくしてあげる」

季之はそう言葉をかけると、涼子の股間に顔を埋めた。

「ああん」

指先で赤黒い小豆を軽く刺激してやると、すっかり敏感になった涼子は早速声を上げ、背中をぐっと反《そ》らせた。

そのタイミングに合わせるようにその小豆を唇で挟み、軽く捻《ね》じるようにして刺激する。

「ああっ、それ、ダメッ、ああああああん、ああっ」

また甲高い声を上げ、腰を震わせると同時に蜜液を溢れ出す。

季之はその蜜液を啜《すす》り上げながら、硬くした舌先を蜜壺内に突き刺していく。中の生肉を味わうようにしてぺろぺろ舐めていく。

「ああっ、それダメぇ、ああっ、変になりそう……」

「そんなに気持ちいいの？」

「すごくいいですぅ……。で、でも、あたしも季之さんにご奉仕したい……」

「じゃあ、シックスナインになろうか？」

「うん」

二人が側臥位《そくがい》になって、お互いの性器に顔を合わせる。涼子がペニスを握ってきた。

「いつでもおしゃぶりを始めていいよ」

季之は涼子がフェラチオを始めてから、クンニを再開するつもりだ。

「ああっ、すっかりビンビン」

涼子は感動したような声を上げて指先で何度か擦ると、早速肉根を口の中に送り込んだ。アイスキャンディーを舐めるようにペロペロと奉仕し始める。

「やっぱり大きいわ。おしゃぶりのし甲斐があるの……」

涼子が独り言のように言って、ゆっくり舌を滑らしたところで、季之のサービスも再開する。

蜜壺の中で舌を動かし、蜜液を掻《か》きだして吸い上げていく。

二人はフェラとクンニの競争のようになった。不思議なことに相手を打ち倒すかのようにお互いが熱心に舌を使ってしまう。

しかし、その勝負はあっけなかった。涼子は口の中に肉茎を含《ふく》んだまま、舌が動かせなくなってしまったのである。

「ああっ、あっ、……ぅあああああ」

くぐもった声が聞こえたかと思うと、腰をくねらせて股間を季之の顔に押し付けてきた。

急に強い性臭が季之の鼻をついた。さっきまではほとんどオーデコロンの匂いしかしていなかったのに、今は二つの匂いが入り混じって、季之の性感も刺激する。

(やっぱり凄く発情しているんだ)

季之もますます興奮し、舌の動きがエスカレートする。

「ああっ、いいっ、そこが、いいっ、いいのぉ……」

発情臭と声が舌の動きのエネルギーだ。季之はこれまでやったことがないほど舌を激しく丹念に動かした。

蜜液が止めどもなく溢れ、それを飲み込むとそれがまた新たなエネルギーになるようで、さらに舌が動いてしまう。

「イクッ、イクッ、イクの、あああっ、イクーッ……」

涼子は遂に口の中の肉棒を吐き出し、自分の快感を声に出して叫ぶ。シーツを鷲摑《わしづか》みにし、背中を大きく反らして、またがくがくと腰を震わせる。二度目の大きなエクスタシーだった。

それを横目に見ながら季之が起き上がる。まだ震えが止まらない足を摑まえると、その間に自分の身体を押し込んでいく。鋼鉄のようになった自分の逸物を、涼子の蕩け切った花口にあてがう。

「もう、本物がいいでしょ？」

「ああっ、季之さん、来てぇ」

底なし沼のような熱い湿地に、亀頭をゆっくりと沈めていく。

「ああっ、来てる。ああっ、これが、季之さんのものなんですね」

少しずつ侵入すると、女襞《によひだ》がくねくねとうねり、しっぽりと包んでくれる。涼子の中は、新たな淫汁で満たされており、季之のペニスにねっとりとまとわりついてくる。

季之は割り開く感触を味わうように、ゆっくりと中まで押し込んでいった。

「あああっ、凄い、凄いのぉ……、来ているの。季之さんの大きいものがあたしの中で一杯になっているぅぅ」

絶頂が鎮《しず》まる前の突き入れは、涼子にさらなる快感と感動を与えていた。

それは季之も一緒だ。

中に入っていくにつれて、肉襞がざわめくように肉柱を締め付けてくるのだ。その強さがちょうどよくて、蜜液の温かさも相俟って、いつでも放出できそうな気になってしまう。

(注意しないと暴発しそうだ)

それでも何とか一番奥に達した。そこで一休みして、様子を確認する。

「すっかり僕と繋《つな》がっているよ。どう？　気分は」

「ああっ、最高に気持ちいいの。こうやって入れられているだけでこんなに気持ちいいんだから、動かされたら、あたしまた、狂ってしまうかも……」

「狂おうよ。エッチは自分の本性をさらけ出すからいいんだよ。涼子の性欲を全部僕のおち×ちんにぶつけるんだよ」

「そんな素敵なことを言ってくれるんですね。あたし、季之さんから離れられなくなりそうな気がしますぅ」

「僕は直《す》ぐ、離れられるよ」

「ダメッ、離さない」

肉棒を引き抜こうとすると、蜜壺が巾着《きんちゃく》のように締まって、引き出させないようにする。

「ああっ、ずっと中にいて欲しいぐらいなの……」

潤んだ眼で見つめてきた。

「キスしてください」

涼子が季之の背中に手を廻してくる。

美女の唇に唇を寄せると、待ち焦《こ》がれたように、涼子が吸い付いてくる。二箇所でしっかり密着したいと思うのか、大胆にも舌を差し込んできた。

涼子はゆるゆると腰を動かしながら、舌も捏《こ》ね回すように動かして、季之の舌にねっとりと擦り付けてくる。

季之は、こんな情のこもったセックスはほんとうに久しぶりだと思った。そう言えば、家業を継いでから、風俗の女性以外と肌を合わせたのは今日が初めてかもしれない。

（こうやって、お互いの体温をしっかり感じながら、ゆっくり過ごすセックスも悪くないなあ……）

肉の悦びのなかで、そんな感慨にふける。

季之が積極的に腰を動かさない限り、コルク栓のようなペニスは涼子の肉壺に密着して肉襞のざわめきを肉茎表面全体で味わうことができる。

しかし、ひとたび動かし始めると、美女の中は、より快感を探るべく肉襞が変形し、ざわめき、男の持ち物に快感を伝えてくる。

いつの間にか、季之は腰をゆっくりと使い始めていた。

「ああっ、いいっ」

涼子はそう一言《ひとこと》声を上げたが、下半身の快感から逃れるように必死に舌を動かし、季之の口腔内を味わっていたが、すぐに限界が来た。涎《よだれ》を零《こぼ》しながら、口を外すと叫ぶ。

「季之さん、もっと激しくしてぇ……っ、激しく突いてぇ……」

美女のあられもない欲求が、季之に元気を与える。

「よし、本気出すよ」

しかし、季之も余裕がなかった。動かすと、気持ちよさが増幅されるのだ。

涼子をもう一度天国に送ってから自分は果てたい。

出したい気持ちを必死で抑えながら、腰を限界まで動かしていく。

その必死さが、美女の快感に直結する。

「ああっ、いいっ、ああっ、こんなに気持ちいいなんてぇ……」

「ぼくもおんなじだよ。涼子の中がこんなに素晴らしいなんて……」

お互いの快感を伝えながら、腰の動きをさらに快感に変えていく。

疲労を感じるが、その疲労が快感に直結していると思う。

涼子は、白目を剝《む》いて、それでも快感の声を上げるのが止まらない。美しい裸体がピンクに染まり、体液から湧き出る匂いは、季之の腰の動きをさらに加速させる。

「ああっ、ああっ、ああっ、ああっ、ああっ……」

涼子は季之の腰の動きに合わせて、ただよがり声を出すだけになっている。しかし、肉襞が突き入れするたびに様々なバリエーションで季之を締め付け、限界に導いてくる。

「ああっ、もう出そうだよっ」

「あ、あたしもイキそう……」

季之はそこで「はた」と気が付いた。

（ああっ、避妊具着けていないよ……）

今から抜いて着け直すのは野暮極まりないがまさか着けないでフィニッシュするわ

けにはいかないだろう。とりあえず言ってみる。

「コンドーム着けていなかった」

「いらないわ。あたし、コンドーム着けたエッチって嫌いなのぉ……」

(ということは膣外射精か？　結構大変だぞ……。AVみたいにおっぱいあたりにぶっかけるんだってしたことないしな……。それに黙ってそんなことしたら嫌われちゃうよ……)

「膣外射精《そとだし》は上手くできる自信がないよ」

「大丈夫。今日は安全日だから。直接中に出して。それとも、AVみたいに顔射したいかしら……？」

涼子ほどの美貌を自分の精液で汚せるなら、それは男冥利《みょうり》に尽きるのだろう。しかし、人に見せるセックスではないのだ。この気持ちいい中で果てたい。

「いや、中がいい。こんな最高なオマ×コの中で出せないなんて、辛すぎる……」

「うふふ、季之さん正直。じゃあ、あたしももう一度気持ちよくイカせて、それからイッて欲しいな」

「うん分かった。頑張って涼子をイカせて、自分も中出しでイクよっ」

季之は上半身を起こして腰を入れなおす。

華奢《きゃしゃ》な涼子の腰を持ち上げると、女の中心に自分の図太いものが収まって、そこが膨れているのが分かる。

その周囲に広がる柔らかそうな繊毛は、すっかり濡れそぼって肌に張り付いている。

お客様のフラワーデザイナーと出入りの花屋。本来だったら、こんな身体が結びつく関係になるなどということはあり得ない。しかし、今この瞬間、間違いなく季之の亀頭は、涼子の蜜壺の中にある。

今から、季之は涼子をイカせて、自分の精子でマーキングするのだ。

しっかり入っている逸物をぎりぎりまで抜き去り、その後厳しく中に突き入れる。その繰り返しを腰の反動を頼りにしながら何度も繰り返す。

「ああっ、凄い、太いものに擦られて、やけどしそうなのぉ……」

そんな悦《よろこ》びの声をエネルギーにしながら、腰を突き込むスピードを段々速めていく。形のよい乳房が上下に揺れる。その乳房を片手で揉みしだき、もう片方の手は、涼子の腰を掴まえて、さらに腰を入れる。

「あっ、あっ、あっ、あっ、あっ……」

喉《のど》の奥から押し出されるような声が艶《つや》っぽい。

「これからが本番だよっ……」

「ああっ、凄いのぉ」

季之が萎《な》えることを知らない自分の分身をさらに力強く打ち込んでいく。華奢な女体は、それをまるで吸収するように受け止めていく。

「いいの、いいの、いいのぉ……」

突き込みが激しくなれば、乳房の揺れも激しくなる。季之はずっと必死で腰を動かしているが、乳房の動きの変化から、だんだん激しくなっていることが分かる。

「おおうう、おおうう、おおうう……」

よがり声が獣じみた声に変わってきた。

切っ先が何度も膣の天井のザラザラな部分を擦り上げる。これは肉棒にも快感が走るが、涼子の気持ちよさの方が、さらに強まっている。

「ああっ、駄目ーッ。あっ、あっ……、あああっ……、イク、イク、あたしイッちゃうううううぅ」

急激な快感が全身を覆い、端整な美貌が呆《ほう》けた表情になっている。

涼子はイッたようだった。

女の膣が急に痙攣したように締まり、窮屈《きゅうくつ》な隘路がペニスの行き来を妨《さまた》げる。

それでも季之は腰の動きを緩めない。それが季之に最高の興奮を与え、最高の快感に繋がることを本能的に分かっていた。

季之も限界が近づいてきた。

涼子にもう一段のクライマックスを感じさせてから果てたかったが、もう無理だ。

「ああっ、出る。涼子、出るよ！」

必死の叫び声で涼子に伝え、最後の突き込みを見舞う。肉根の付け根が熱くなり、精嚢から尿管に向かって、精液が発射された。

肉茎がぐっと膨れ上がる。

「ああっ、ああああーっ、来るぅ、来るの……っ、ああっ、こんなの初めてぇ……」

涼子は顎をせり上げ、顔を激しくのけぞらせた。白い咽喉が季之の目の前に見えた。

「僕も初めてだよっ」

最後の挿入を子宮口にめり込むほどの勢いで突き入れる。その瞬間、ぎりぎりまで耐えていた精液が亀頭の先端から矢のように放たれた。

最高の気持ちよさだった。

季之は放ちながら、久しぶりのセックスがこんな最高の愉悦を覚えさせるものであったことに深い悦びを感じている。

大量の精液が、二度、三度と涼子の中に放出されていた。

三十三歳の美人講師は、あまりの快感にもう身体を動かすこともできず、季之の下でぐったりとしながら余韻を楽しんでいた。


涼子とのセックスはうまくいった。

交接が終わり、服を着替えると、涼子が言った。

「今日は、お礼のつもりだったのに、いっぱい、いい気持にさせてもらったわ」

「満足して貰えたのでしょうか？」

ベッドトークでは、過去の男たちよりも「ずっとよかった」と言ってくれていたが、信用していいのか、季之は心配だった。

「うふふふ。それは、季之さんが一番わかっていることでしょ？」

「じゃあ、これからも、うちの花を使ってもらえますね」

「それはもちろんですよ。ただし、条件がひとつあるの」

「な、何でしょう」

季之は恐る恐る尋ねた。

「季之さんにとっては簡単なことよ……」

そこまで答えると、あの涼子が恥ずかしげに声を潜めた。

「あ、あたしのセフレになって、最低月一、できれば毎週一回ぐらい、今日みたいに抱いてほしいんです……」

それは願ってもない申し出だった。こんな美女と毎週エッチできるなんて男冥利に尽きる。しかし、心の中を押し隠すように季之は言った。

「もちろん構いませんよ。山崎さんは今日から僕のセフレですね。今後ともよろしくお願いします」

季之は深々と頭を下げた。

第二章　Hカップ娘に迫られて

1

『フローリスト竹中』の店舗は、石上駅改札口すぐ前の再開発ビルの一階にある。十五年前の駅前広場整備工事の時に、立ち退きの対象になり、代替店舗としてここに移った。元々は祖母が開業し、母が父を婿にもらって跡を継ぎ、三代目は妹がその経営者の役目を果たすはずだった。

ところが十年前、父が心筋梗塞で急逝した。妹は当時新婚で妊娠中、妹の夫は妹が店を継ぐことにいい顔をしなかった。母のたっての願いで、デザイナーとして勤めていた広告代理店を辞めて、季之が家業を継いだ。

それは、季之にとっても苦渋の決断だった。サラリーマンとしての仕事は順調で、結婚を考えていた彼女もいたのだ。

だが、その時の意見の食い違いで、彼女とも別れることになってしまった。

季之の生活は一変した。割と朝が遅く、その分夜まで仕事をして、深夜都心の洒落たレストランで食事をする、といったいわゆる業界人的生活スタイルから、早起きをして市場に仕入れに行く生活に変わったのだ。

変わらなかったのは、就職したときから続けている独り暮らしだけだ。さすがに三十になって、親元に戻る気はしなかった。

個人商店は忙しい。店の営業時間は十時から二十時、年末年始以外に休みはなく、季之、母、主婦のパートの店員二名で店を廻していた。

主人の季之が昼間、店に出ることはほとんどない。季之の仕事は主に仕入れと配達。そして経理関係など、経営全般である。その間、店は女性店員三人でローテーションを組んで回している。一方夜間は、主婦パートが帰宅してしまい、母親と季之とが交互に店に入っていた。

この十年間、季之に彼女ができなかったのは、忙しくて彼女を作っている余裕がなかったから、というのが最大の理由だ。

「誰か、夜だけ手伝ってくれる学生バイトとか居ませんかね。母がね、腰やっちゃって、夜、店番できる人がいなくなっちゃったんですよ」

季之は行きつけの喫茶店「ＳＡＷＡ」で、遅い昼食をとりながら、ママの佐和とアルバイトの女子大生、理沙《りさ》を相手に愚痴をこぼしていた。客は季之一人だけだ。

「お母様、入院中？」

佐和が質問してきた。

「いや、家でピンピンしていますよ。でもね、花屋って結構重労働だから、医者からは引退するように勧められたこともあって、本人もその気になっちゃっているんですよ。何と言ってももう七十ですからね。無理に復帰させるわけにもいかないし、復帰してまたぎっくり腰やられたんじゃ、目も当てられません」

「今はどうしているの」

「しょうがないから、とりあえず僕が毎日シフトに入って、あとはパートさんに頼めるときは頼むけど、なかなかね、お願いし辛いんですよ」

「募集はかけているんでしょ」

「パートやバイトの募集は年中かけていますけど、御多分に漏《も》れず、なかなか集まらないんですね」

人手不足は、石上商店街でも大きな問題である。

「で、どんな希望なの、バイトさんとしては？」

女主人の佐和がコーヒーを注《そそ》ぎながら訊《き》いた。

「一応、午後五時から八時まで。週に四日とか五日とか入れる人がいいんだよね。仕事は店番でバイト代はコンビニぐらいかな……。ちょっと色を付けてもいいけど……」

「理沙ちゃん、誰かお友達でも紹介してあげたら？」

「そうですね。その時間帯だったら、大学の授業にも影響しないし……」

しばらく考えていた理沙は思いついたように言った。

「そうだなあ、あたしでもいいですか？　お花屋さんって子供のころからの憧れだったんです」

「理沙ちゃんなら、僕は願ったりかなったりだけど、『SAWA』が困るだろう」

「大丈夫です。週に三日ぐらいなら、『SAWA』と掛け持ちできますから……。その代わり、バイト代は弾《はず》んでくださいよ。いいですよね、ママ」

佐和も理沙がSAWAを辞めないという条件なら、構わないと言ってくれた。

理沙はよく働いてくれた。駅前の花屋は、帰宅時に花を買うサラリーマンやOLの需要があって、平日の夕方はかなり忙しい。そのお客さんを上手にさばいてくれる。今はまだ季之も一緒にいるが、もう少し慣れてくれれば、一人での店番も可能だろう。

日曜の夜だった。ちょうど客が途切れ、理沙が話しかけてきた。

「マスター、もっと頑張らないと、ママ、取られちゃいますよ」

季之はドキッとした。

「えっ、ママって……？」

とりあえずとぼけてみる。

「ヤダなあ、『SAWA』のママですよ」

「サ、『SAWA』のママがどうかしたのかい？」

「だって、マスター、ママを狙っているでしょ？」

「えっ、ど、どうしてそんなことを言うの？」

「そんなの、マスターの店での様子見ていたら、バレバレですよ。不審者そのものだもの」

「確かに、佐和さんは美人だからね。興味がないって言ったら嘘になるけど……」

季之はドキドキしながらも平静を装《よそお》った。

「そんな態度じゃあ駄目ですよ。ママを狙っている男はいっぱいいるんだから……。

デートぐらい、どんどん誘った方がいいですよ」

確かに、季之が「SAWA」の常連になったのも、佐和の魅力に惹《ひ》かれたからである。

細面《ほそおもて》で物静かな感じ、重厚な雰囲気にまとめたSAWAの店内にいると、一輪の霞《かすみ》草《そう》のように見える。華《はな》やかではないが、しっとりとした美しさが魅力的だ。

年齢は三十六、バツイチだが子供はいない。

SAWAを始めたのは、離婚して石上に戻ってきてからだが、実家は石上で長く続く酒屋で、季之とは幼馴染だ。

佐和は可愛かったが全然目立たない子供で、季之には昔の佐和に深い印象はない。しかし、離婚してSAWAを開店して、その美しさに気づいた。

季之の中では、佐和は今では嫁候補ナンバーワンである。

季之にしてみれば、もちろん山崎涼子も結婚相手として考えられるが、彼女からは、季之と結婚する気はないと、釘を刺されている。

『あたしと季之さんとは、お互い都合のいい関係なの……。お花は好きだけど、お花屋さんのおかみさんになる気はないわ……』

はっきりそう言われているのに結婚を迫れば、今の良好なセフレの関係も壊れてしまいそうで怖い。また、確かに涼子の性格は男勝《まさ》りで、花屋の嫁向きではなさそうだ。

とはいえ、嫁候補本命の佐和に対して、季之は全然積極的なアプローチができていない。デートなんかもってのほかだ。

そもそも、季之は自分から女性にアプローチするのが苦手なのである。

大学は美大、就職先は広告会社、ということもあってかもしれないが、昔は自分の周囲に性的に奔放な女性が多くて、季之から積極的に行かなくてもセックスする機会に恵まれていた。

その分、真面目に女性を誘った経験がない。

(そんなに狙っている男がいるのか……)

自分にとってライバルになる男がそんなにいるなんて、考えたことがなかった。でも、それを指摘《してき》されると気になる。

「狙っている、って例えば誰なんだろ？」

「教えて欲しいですか？」

「いや、別にいいけど……」

「あっ、マスター、やせ我慢している。マスターって、結構表情に出るから……、バレバレですよ。……うふふ、教えてもいいですけど、今晩、夕飯御馳走してくれますか？」

「もちろん、夕飯ぐらいいつでも御馳走するよ！」

そう即答した季之は、つい声を力ませてしまうのを抑えることができなかった。

店を閉めてから二人が入ったのは、全国チェーンの個室居酒屋だ。生ビールで乾杯する。

「お疲れさまでしたぁ、乾杯！」

中ジョッキを合わせる。

「で、佐和さんを狙っているって、いったい誰なんだい？」

呑みながら、興味なさそうな顔をして訊いた。

理沙は声を潜めた。

「実は、何人もいますよ」

「へえ、凄いな……」

「イケメンが多いかな。例えばねー、魚政《うおまさ》の政吉《まさきち》さんとか」

「そうか、政やんかぁ」

政吉は石上の老舗《しにせ》の魚屋の跡取り息子で、まだ三十代前半だったはずだ。確かに苦み走った二枚目で、威勢がいい。

「他には……」

「レディ洋装店の御主人とか」

「なるほどぉ……、あいつか。でもあいつ、かみさん、いるじゃない」

「それでも積極的なんですよ。それで、ママも満更《まんざら》じゃないみたいな態度をとるものだから……、調子に乗っちゃって……。他にはね、丸徳《まるとく》スーパーの専務とか、サラリーマンで、毎日夕方現れる人もいる」

「そんなに、いるんだ」

季之は落ち込んだ様子で答えた。

「そうですね。十人ということはないと思うけど、五人以下ってことは絶対にないです。だから、マスターももっと積極的に行かないと……。それにね、ママって、ああ見えて結構天然なところあるから、マスターの気持ち、全然気が付いちゃいませんよ」

季之はしばらく考えた後、理沙に尋ねた。

「理沙ちゃん、どうしたらいいかな……？」

「諦めるのもいいと思います。今言い寄っている男の中で、一番イケてないのがマスターですから……」

「はっきり言うね」

「でも、あたしの言うことをきいてくれれば、マスターを応援しちゃいますよ」

「ほ、本当かい？」

「ウフフフ、声が変わった。マスターって本当に分かりやすいですね」

「何をすればいいんだい。とは言っても、バイト代増額はダメだけど……」

「バイト代は十分貰っているし、マスターなら必ずできることです」

「それならいいよ」

季之は軽く答えた。

「何すればいいのかな……？」

「あたしにセックスを教えてください」

「エッ、ちょ、ちょっと待って、今何て言った？」

季之はびっくりした。まだあどけなさが抜けない女子大生がそんなことを言うとは信じられない。

「もう一度、言わせないでくださいよぉ……」

そう恥ずかしげに言うと、季之の耳元で小声で言った。

「あたしにセックスを教えてください」

「もちろん、本気です。あたしを彼女にしてくれてもいいですよ」

「本気かい？」

季之は理沙の顔をしげしげと見てしまった。

理沙は可愛い。丸顔で天真爛漫《てんしんらんまん》。向日葵《ひまわり》のような女の子だ。でも二十歳の女子大生と四十の中年男では、不釣り合いなことこの上ない。彼女はあり得ないだろう。

しかし、理沙は季之の顔を見つめ、真剣な声で言った。

「マスター、ママよりもあたしの方が良いですよ。確かに女っぷりは全然敵《かな》わないけど、若いですから……」

「おいおい、冗談はやめてよ。そんな顔で言われると、本気にしちゃいそうだよ」

「本気にしてもらっていいですよ」

理沙はニコニコ笑いながら、答えた。

「ぼ、僕のようなおじさんより、若いカレがいいでしょ」

季之が眼をそらしながら答えると、理沙は直ぐに反応する。

「あたし、今、カレシいないんです。第一、若い男の子嫌いだし……。だから、マスターと付き合えるなら……」

だんだん小声になる。カレシに振られたのだろうか？

「よく分からないけど、やけになって、僕のような中年男を誘っちゃだめだよ」

「やけになんかなっていないです。マスター、理沙のこと、嫌いですか？」

「とんでもない。理沙ちゃんのことはもちろん大好きだよ」

「だったら、セックスはできますよね」

「ありがたいなあ、でも酔っぱらって変なこと口走っちゃだめだよ」

季之は大人の分別で、何とかなだめようとする。

「あたし、酔っぱらってなんかいません。ずっとマスターのこと好きでした。「ＳＡＷＡ」にマスターが入ってくると胸がときめいてしまって、だから、マスターのお店でバイトできることが決まった時、ほんとうに嬉しかったんです」

（ヤバイ！　真剣に告白されている！）

しかし、店のアルバイトの女の子に手を出すなんて、季之の倫理観が許さない。季之は理沙の気持ちを傷つけないように断るしかなかった。

「そう言ってくれて、死ぬほど嬉しいけど、僕は理沙ちゃんみたいな、若くて可愛い女の子にふさわしい男じゃないよ。普通のただのスケベな中年男だからね。多分付き合い始めたら、僕の中年オヤジっぷりにすぐに嫌になると思うよ」

「マスターってスケベな中年男なんですかあ？」

(よし、これで上手く嫌われそうだ……)

「そうだよ。エッチもねちっこいし、『いやらしい』が手足付けて歩いている男だよ」

「ああっ、よかった！　あたし、マスターが本当に真面目な男だったらどうしようかと思っていたんです。でも不真面目なんだ。エッチもねちっこいんだ。あたしにとっては最高です！」

「何それ。理沙ちゃん、冗談はやめようよ」

「だって、若い子のエッチはただ出せばいいエッチで、気持ちよくないんです。ねちっこいエッチなら、あたしを気持ちよくしてくれるんでしょう？」

話がどんどん盛り上がっていく。二十歳の女の子とする下ネタではないだろう。季之は正直なところ、困惑していた。

そのすきに、理沙は手を握ってきた。手も小さく可愛らしい。そのまま理沙は嬉々として季之の隣に移ってきた。腰を下ろして季之の顔を押さえると、そのまま頬《ほお》に「チュッ」とキスをした。

理沙は積極的に行動してくる。

「理沙ちゃん、ちょ、ちょっとここじゃ拙《まず》いよっ」

個室居酒屋という触れ込みだが、実際は半個室で、部屋の入り口には暖簾《のれん》がぶら下がっているだけで前を通る人の姿が丸分かりだ。そんなところでキスはあまりにも恥ずかしい。季之はもう一貫して逃げ腰だ。

「理沙ちゃん、酔っぱらっているよ。そろそろお開きにしようよ」

「そうですね。じゃあ、今日はこれぐらいにしましょうか？」

まだごねると思ったが、理沙はようやく矛先を収めてくれた。

会計を済ませて店を出る。

理沙が季之の手にしがみついてくる。

「理沙ちゃん、人目がありすぎるよ。ご近所なんだから、誰が見ているか……」

「マスターって小心者ですね。分かりました。でもあたしを部屋まで送ってくださいね」

それは仕方がないだろう。酔っぱらいの若い娘を一人で帰して何かあったら大変だ。

それに、理沙のマンションは、季之の住むマンションよりも駅寄りで、ちょっと回り道をすれば済む。季之は手をつなぎたがる理沙を拒んで、後ろから守るようにして理沙を送った。

「あたしが部屋に入って、鍵を閉めるまで見守っていてくださいね」

「うん、ここで待っているよ」

オートロックのドアの前で、理沙がカードキーを出すのを見守る。

ドアが開いた。

2

「マスター、ちょっと来てください」

理沙が突然手を引いた。

思いがけない理沙の行動で、季之は理沙の部屋の中に連れ込まれた。

理沙は直ぐにドアの鍵をかけた。

「おい、何をするんだ」

「マスター、呑みなおしますよ」

「おい、ほんとうにやめてくれよ。帰らせてよ」

後ずさりする季之に、理沙はすがるような目で言った。

「でも缶ビール一本だけならいいでしょ。お願いします」

そう言われると、さすがにそれ以上断れない。

「分かったよ。ビール一杯だけだからな、一杯飲んだら、ほんとうに帰るからな」

そう念を押して、中に入った。

いかにも女子大生らしい1Kの部屋だった。

六畳よりも一回り広いぐらいの部屋に、ベッドとテーブル、ファンシーケース、テレビなどが置いてある。ベッドサイドには、いくつものぬいぐるみが置いてあるのが女子っぽさを演出している。

テーブルの前のクッションに座るように言われた。腰を下ろすと、理沙は早速冷蔵庫から缶ビールを出した。

「今、ちょっと着替えちゃうんで、よかったら、先に呑んで、待っていてください」

プルトップを開けて、手渡してくれる。

開口部から泡が零れそうだ。仕方なしに、季之はビールに口をつけた。

それを確認すると、理沙はおもむろにその場で脱ぎだした。

「ちょ、ちょっと待ってよ。何でそこで脱ぐの」

「だって、部屋に帰ると、いつもここで着替えるから」

「いつもはそうかもしれないけど、今日は、僕がいるんだぞ」

「別に構いませんよ」

そう言いながら、理沙の上半身はブラジャー姿になっている。

「別に構いません、って、僕は困るよ」

「どうして困るんですか？　あたしみたいな若い娘の生着替えが見られるんですよ。不真面目なマスターなら、とっても嬉しいでしょ」

理沙はニコッと微笑みながら、ジーンズの前ボタンを外している。

目のやり場に困った季之は、着替えをしている理沙に背を向けて眼を瞑《つむ》った。

「うふふ、マスター、そんなに震えていちゃあ、不真面目な中年とは言えませんよ」

下着姿の理沙が、季之の後ろから抱きついてきた。

「ちょ、ちょっと、待ってよっ！」

思わず理沙を払いのけようとする。

「そんなに邪険にしないでくださいよぉ……、Hカップですよ、あたしのおっぱい」

背中に押し付けられる乳房が柔らかい。

「Hカップ……。巨乳だとは思っていたけれども……」

Hカップの威力は絶大だった。季之の動きが止まった。

「うふふ、そうですよ。Gって子はたまにいますけど、Hは滅多にいませんよ」

ものすごく興味がある。見たい。しかし、季之は理性を振り絞って、震えた声で言った。

「着替えるんじゃ、なかったのかい。早く部屋着を着てよ……」

「ふふふ、そんなに急《せ》かさないでくださいよぉ……」

「理沙ちゃん、僕だって男なんだよ。今、必死で我慢しているんだ。でも、このままでいくと狼になってしまうよ」

「嬉しい！　遠慮なく狼になってくださいっ。マスターが狼になってくれたら、あたし子羊になって、悦んで食べられますぅ……」

小心者の季之は震えているしかなかった。理沙が、その股間に手を伸ばしてきた。ゆっくり擦り始める。

「ここは正直ですよ。少しずつ膨れてきている……」

「お、お願いだから……」

季之は理沙の手を払いのけたかったが、現実には手が動かなかった。

「い、今、理沙ちゃんと、ここでエッチなことしちゃったら、佐和さんに顔向けできなくなるから……。ね……」

「やっぱりママが好きなんだ……。なんか妬《や》けちゃうなあ……。でもあたしの方が若いし、おっぱいだって大きいですよ……」

理沙は、耳元に息を吹きかけながら囁き、乳房を押し付けた。

「ああっ、ちょ、ちょっと……」

相手が理性でなければ理性はかなぐり捨てていただろう。しかし、佐和のところと自分のところで働いている女子大生というのは、あまりに相手が悪すぎた。

「覚悟を決めてくださいよ……。マスター、男でしょ」

あまりにうじうじしている季之にじれったくなったか、理沙は両手で季之の頭を押さえると、問答無用と言わんばかりに唇を寄せてきた。

「よせよっ」

弱々しく言った季之の唇が塞《ふさ》がれた。

僅かに開いた隙間から、女子大生の舌が侵入してくる。季之の口蓋の中で二つの舌が接触する。

もう拒否はできなかった。季之の舌にスイッチが入った。理沙の舌が季之の舌を擦ると、今度は季之がお返しとばかりに擦り返す。舌の粘膜同士が重なり合い、その摩擦は唾液の分泌を促し、二人の舌の上で混じりあう。

それはまさに甘露であった。

季之は、若々しい女子大生の唾液に興奮した。いつの間にか、理沙をリードするように抱きしめ、舌を動かし、女子大生の口腔内をたっぷり味わう。

理沙の鼻息が荒くなる。しばらくのディープキスが続き、季之がその動きを止めると、ようやく二人の唇が離れた。名残惜しげに涎の糸が二人の口の間に生まれ、切れる。

「マスター、思った以上にキスが上手……」

うっとりした表情で理沙が言う。

「そうなのかな、自分では考えたことなかったけど……」

もう、季之は逃げてはいなかった。理沙を抱きとめながら、右手をHカップの上に置いた。ゆっくり形を確認するように掌を動かしていく。フルカップのブラジャーの上から、その巨乳ぶりがしっかり確認できる。

「あはん……、マスター、狼になってくれますね……」

初々《ういうい》しい声に、もう我慢ができなかった。理沙の確認には答えず、Hカップを堪能《たんのう》する。

「ほんとうに大きいおっぱい……」

中年男の感動を素直に漏らす。

「直接触ってください……」

聞こえるか、聞こえないかぐらいの小さい声。

しかし、その声ははっきりと季之の心の中に響いた。

理沙の背中に廻した手が、巨乳女子大生のブラジャーのホックに触れると、指先が勝手に動き、器用に外した。

ストラップが緩み、カップが大きく波打つ。今まで、きちんとしまわれていた女性のシンボルが半分顔を出した。

季之はその隙間から手を差し込んだ。

「柔らかくて、温かい……」

掌全体で、その大きさを確認するように弄る。Hカップの乳房は、決して小さいとは言えない季之の手にさえ余った。

少しずつ指に力を入れていく。

「ああっ、あん……」

美人女子大生の吐息が熱い。

「キスしてください」

再度唇を求めてきた女子大生と舌を絡ませるキスを再開しながら、男はゆっくり乳房を揉む。柔らかいが芯があり、なるほど二十歳の乳房って、こういうものだと納得する。

乳房を変形させると、理沙は、より積極的に舌を動かしてくる。それを中年男の余裕で受け止め、その舌の動きに合わせて自分の舌を動かし、さらにタイミングを合わせて乳房を揉みこんでいく。

「ああっ、いいっ、いいのぉ……」

ねっとりとした情感のこもった声に、季之は嬉しくなる。それでも、季之は四十歳だった。女子大生の興奮ぶりに翻弄《ほんろう》されていたが、まだ、頭の中の八割は冷静だった。

「理沙ちゃん、可愛いよ」

乳房を揉む手を休めずに言う。

「あっ、嬉しいですぅ。マスターにそう言って貰えて……」

「で、どうして僕だったの……？　ていうか、若い男の方がいいと思うし、中年男を選ぶにしたって、僕よりいい男もいっぱいいるよ」

「えっ、あぁん……」

理沙は俯《うつむ》いた。その理沙を見守りながら、季之は乳房を優しく揉み続ける。

可愛らしくて、最初は掌にあまり感じることのできなかった乳首が今はすっかり屹立して、中指と薬指の間に挟まってくる。

「確かに、自分でもよく分からないんですけど……、マスターって、見ていると、なんか凄くセックスアピールがあって、とてもエッチが上手そうなんだもの……」

季之は驚いた。生まれて四十年、そんなことを言われたのは初めてだ。しかしその驚愕を顔に出さずに、さらに確認する。

「どこが、そう見えたのかな……」

「あたしを見る目がどこかセクシーだし、そうやって見られると、マスターってエッチが上手なんだろうな、という気がして……」

「それは、見込まれたね」

Hカップほどの巨乳だとは思っていなかったが、理沙が巨乳であることは気づいていたし、それをいやらしい目で見ていたことはあったかもしれない。一つ間違えばセクハラだ。しかし、それを理沙は季之のセックスアピールと勘違いしている。

「セックスの魅力だけだったら、若い男の方が精力あるよ」

「あたし、若い男とのセックス、絶対したくないんです」

優しく言った季之に理沙は語気を強めた。

「元カレって、エッチが下手《へた》だったの？」

季之がさらに優しく問いかける。

「ん、もう、最悪でした。独りよがりのエッチで、こっちが痛がっているのに、全然優しくしてくれなかったんです」

「それは最低だったね。でも若い男にもいろいろいるから……」

「あたし、若い子ばっかり、これまで三人の男と付き合ったけど、どの男もあたしには合わなかったんです……。でもあたし、性欲結構強いみたいで、ときどき、無性《むしょう》にエッチなことをしたくなっちゃうんです……」

理沙のことは可愛らしい元気な女子大生としか見ていなかった。しかし、心の中には、性の鬱屈《うっくつ》を溜めている。セックスのスタイルについてもかなり好みがありそうだ。

(これは心してエッチしなければ、もっと男性不信にさせてしまうぞ……)

季之は全く自信がなかったが、その心の中を顔に出さない程度の分別はある。

季之はさりげなく訊いた。

「そういうときは、自分で慰めているの？」

「そ、そうですね……」

恥ずかしげに答えた。

「自分で慰めると、気持ちよくなれるの？」

「は、はい、そ、それはなれるけど……」

「でも、やっぱり、男性に優しく抱かれたいんだ……」

季之の腕の中で、こくりと頷いた。

「じゃあ、僕が優しい狼になって、いろいろ試してみるから、理沙ちゃんも遠慮なく希望を言ってね。二人で、理沙ちゃんの一番気持ちいいところを見つけていこう」

「はい、お願いしますぅ……」

「じゃあ、僕も裸になっていいかな」

「は、はい、大丈夫です」

「そんなに緊張しなくていいんだよ。お互いリラックスしあって、楽しむのがコツだよ」

季之は、シャツを脱ぎながら、いかにも経験豊富なチョイワルオヤジのように自信満々に言ってみた。

（とにかく、理沙に言わせるんだ。僕が理沙の身体を開発するんじゃなくて、理沙に自分の気持ちいいところを探させるんだ……）

シャツとズボンを脱ぎ、ボクサーブリーフ一枚になる。中心のこんもり盛り上がっているところを理沙に見えるようにする。

「じゃあ、理沙ちゃんもブラジャー、取っちゃおうね」

そう言いながら、季之は肩にかかっていたブラジャーを引き剝がす。

「それにしても凄いおっぱいだね。大きいだけじゃなくて、綺麗で、垂《た》れていない」

「本当ですか？」

嬉しそうに理沙が微笑む。

「元カレもこのおっぱいに執着したでしょう。みんな、おっぱいを吸ったよね」

「それは……、はい」

「そんなに気持ちよくなかった？」

「もちろん、気持ちよかったこともあるけど……」

理沙の歯切れが悪い。

「じゃあ、僕も理沙ちゃんのおっぱい、舐めたり吸ったりしてみるから、遠慮なく、気持ちよかったら気持ちいい、いやだったら、痛いとか、痒いとかやめて、とか言ってみてね」

季之は左乳房に手をあてがったまま、右乳房に口を寄せていく。乳首を啄むように小さくノックする。

「ああっ」

「どう、こうされる感じは……」

「ああっ、何かむず痒いというか……、はい……」

「いやな感じがするの？」

「それはないです。もっとしっかり舐めて欲しいというか……」

「なるほど……。じゃあ、今度はちゃんと舐めてみるね」

季之は口から舌をあえて伸ばしてみせ、乳首をぺろりと舐めた。

「ああっ」

理沙がまた悩ましげに声を上げる。

「どっちがよかったの？」

「はい、どっちも……」

「そうか、じゃあ、両方組み合わせたら、もっと気持ちよくなれるかもね。やっていいかな？」

「お、お願いしますぅ」

季之は、唇をしっかり乳首に吸い付かせると、舌先でその周囲を捏ね始めた。併せて、左乳房にも力を入れて、優しく揉み始める。

「ああっ、それ、何か……、あああっ、き、気持ちいいですぅ……。ああっ、感じちゃうの……」

理沙の発する声がより艶っぽく響く。

「こんな感じでいいみたいだね。もう少し、力を入れたほうがいいかな」

「ああっ、お、お願いしますぅ」

季之は神経を使いながらも、少しずつ手の力も、唇の吸い込みも、舌のタンギングも少しずつ激しくしていく。

「ああっ、こ、こんな風にされたことがないのぉ……、ああっ、おっぱいがこんなに気持ちよくなるなんて……」

理沙の声が驚きと悦びに満ちている。

季之は特別なことをしているつもりはなかったので、理沙の悦びように驚きを感じている。

「左右逆にして、もっと愛してあげるよ」

「う、嬉しい……」

右の乳房を揉みしだきながら左の乳房を口で愛撫する。

「ああっ、いいっ、いいのぉ……、ああっ、マスター、ああっ、もっとメチャメチャにしてぇ……」

これで、いい気になって力を加えすぎると嫌われるのだろう。理沙の言葉に従うふりをして、季之は少し抑え気味にしながら、冷静に愛撫を続ける。そうすると、自分の愛撫で理沙がどのような反応をするのか分かるようになる。

季之は、理沙をベッドに横たわらせると、上からのしかかるようにして、両手と唇、舌を使って、二十歳の娘の全身をくまなく愛撫し始めた。

「ああっ、あたし、こんなこと、されたことがないのぉ……、ああっ、凄い、体中が火照《ほて》って、心がどこかに飛んでいきそうなのぉ……」

全身リップの愛撫は、理沙にことのほか気に入られた様子だった。

季之は胸から腹部まで唇を動かした。股間が湿って、むっとした香りが漂《ただよ》い始めている。

「パンティ、脱がせるね」

「ああっ、恥ずかしい」

「じゃあ、脱がないでおしまいにする？」

「そんな、嫌です。ここまで気持ちよくなれたんだから、もっとしてださい……」

季之は若い娘の可愛らしいショーツに手を掛け、ゆっくり引き下ろしていく。理沙も腰を上げて協力してくれる。

ショーツを剝ぎ取ると、早速股間に顔を寄せていく。さっきから臭っていた麝香臭《じゃこう》が、中年男の鼻粘膜を擽《くすぐ》る。

「エッチな素敵な香りだ……」

「ああっ、そんな恥ずかしいこと、仰《おつしや》らないでください」

「エッチは恥ずかしいことじゃあないよ。誰だってしている」

陰毛の手入れはしていないのだろう。黒い剛毛が八方に広がっている感じが、野趣を誘う。その陰毛は既に濡れ光っている。

そこに手を置き、季之は尋ねた。

「一番大切なところ、指で触らせてもらってもいいかな？」

「そんなこと、訊かないでくださいぃ……」

「でも、理沙ちゃんの嫌なこと、おじさんとしてはしたくないからね」

「マスターって意地悪ですぅ……。あたしがどうして欲しいか分かっているのにぃ……」

「でも、元カレは一番大切なところを邪険《じやけん》に扱ったかもしれないからね……」

「元カレは元カレですぅ。……あああっ、マスター、あたしの一番大切なところを、可愛がってくださいぃ……」

「ウフフフ、一番大切なところって、どこかな、おじさんと理沙ちゃんとで、思っているところが違うと困るだろ」

「ああっ、あたしが言うんですか？」

「僕が言ってもいいけど、全然見当違いのところを言いそうだから……」

「ああん、マスターの意地悪ぅ……。分かっているくせにぃ……」

「いやあ、僕と、理沙ちゃんとでは世代が違うからね……。じゃあ、分かった。せーのっ！　で、一緒に大きい声で言おう。いいね。せーのっ！」

季之は、問答無用と言わんばかりに「せーのっ！」と声を出した。理沙もあきらめた様子で、一緒に言う。

「お……」

「オマ×コッ！」

季之は、「お」と言っただけで、あとは声を出さなかった。理沙は勢い余って、四文字の卑語を思いきり叫んでしまった。

「ああっ、ズルいぃ……」

理沙はそう言ったが、もう、後の祭りだ。

「理沙ちゃんが、どこを可愛がって欲しいか、おじさん、よく分かったよ。もう、恥ずかしくないから、もう一度、どこを可愛がって欲しいか、おじさんにちゃんと言ってくれないかな」

「あああん、マスターがこんな変態だったなんてぇ……」

「中年男とエッチするって、こういうことなんだよ。さあ、もう一度はっきり言うんだ」

さっきまで優しく愛撫をしていた乳房を、初めて強くぎゅっと握った。

理沙はもう従順だった。

「ああっ、マスター、あたしのオマ×コを、可愛がってくださいぃ……」

「何を使って可愛がろうか。手や指だけでいいかな……？」

「ああっ、手や指だけじゃなくて、お口も使って可愛がってください」

「あとは……？」

「ああっ、言うんですね？」

「もちろんだよ。エッチしたいということは、理沙ちゃん、これが一番欲しいんだろ？」

季之は自分の穿《は》いているボクサーブリーフを指さした。

「はい。ほ、欲しいです」

「じゃあ、もう一回、ちゃんと言おうか……」

「は、はい、ああっ、マスター、マスターの手や指やお口やおち×ちんで、理沙のオマ×コを可愛がってください」

理沙は震え声で言った。

「よし、よく言えたね。偉いよ。理沙ちゃんの希望通りにするけど、理沙ちゃんが一番欲しいものは、まだパンツの中だよ」

理沙が頷いた。

「ちゃんとお外に出して、見たくないかな？」

「ああっ、み、見たいです」

「ウフフ、正直でいいね。それじゃあ、おじさんのパンツを下げて、理沙ちゃんの一番欲しいものに、御挨拶しようか」

季之はベッドから立ち上がった。理沙もゆるゆるとベッドから下りる。

「男のパンツを脱がせるときは、作法があるんだ。知ってる？」

もちろん、そんな作法などない。しかし、季之は自信満々に言う。

「まず跪いて、だいたい、男のパンツの高さに自分の顔が来るように調節するんだ」

理沙は従順だ。正座をして、季之の股間の位置に顔を持ってきた。

「そして、パンツを下げるんだ。男の股間から目を離してはダメだよ」

「はい。こういう風にすると、なんか、凄くエッチな感じがします……」

理沙はゴムに手を掛け、ゆっくり引き下ろしていく。

「ああっ、凄いぃ……、マスターのおち×ちん……」

季之は逸物を誇示するように、理沙の顔の前に突き出した。

「どうだい、元カレと比較して……」

「マスターの方が大きいですぅ……。こ、こんなのが、あたしの中に入るの……？」

「怖いかい」

「はい、ちょっと……」

「多分大丈夫だよ。今まで僕がエッチした女の子で、これが入らなかった人は誰もいないから……」

「でも、元カレの時は、結構痛かった……」

「そうなんだ。でも、それはね、多分元カレと理沙ちゃんの相性が悪かったんだよ。今から、僕がお口と手で理沙ちゃんをたっぷり可愛がる。理沙ちゃんもこのおち×ちんをお口と手でたっぷり可愛がるんだ。そうすれば絶対気持ちよく繋がれるよ」

「はい」

「じゃあ、まず、理沙ちゃんが、手と口で、僕のおち×ちんがどれだけ大きいか、感じてみようか……。触ってごらん……」

理沙がおずおずと手を伸ばしてきた。両手で持ち上げるように包む。

「熱いし、ピクピクいっている」

「それはね。僕が、理沙ちゃんのことを大好きだと思っている証拠なんだ」

「そうなんですね。そう思うと、何か可愛い気がする」

グロテスクな肉棒を見て微笑む女子大生の笑顔が可愛い。

「フェラチオは元カレにしたよね」

「はい」

恥ずかしげに頷く。

「それってさ、元カレがして欲しいって言ったよね」

「そうだったと思います」

「僕も、理沙ちゃんにフェラして欲しいけど、お願いしない。その代わり理沙ちゃんがしたくなったら、いつでもしていいからね」

「分かりました」

「今は、理沙ちゃんが僕のこのおち×ちんを受け入れられるように、僕の手指とお口とで、理沙ちゃんをトロトロにする。さあ、もう一度ベッドに横になってごらん。あっ、そうそう、僕が理沙ちゃんを愛撫している間、理沙ちゃんも僕のおち×ちんを摑まえて気持ちよくしてくれてもいいからね」

「ああっ、うれしいですぅ」

上気した理沙がベッドに仰向《あおむ》けになった。

3

季之は美女の顔を見つめながら、しっとりとした陰毛に手を寄せる。

理沙も自分の手指を季之の肉棒に伸ばしてきた。

季之は理沙にキスを求め、ディープキスをしながら、意識は指先に集中させる。

指先を陰毛からその下の潤《うるお》った部分に侵入させていく。秘苑の花弁の周囲を優しく撫で、だんだん中心に向かって、螺旋《らせん》を描いていく。

キスで口がふさがれているので、まだ声は出ていないが、男の手指の刺激に女体がピクリ、ピクリと動く。

季之はクリトリスに触れないように慎重に指先を蜜壺の中に沈めていく。そこはすっかり潤んだ沼で、中のお湯が熱い。

指先を中の粘膜に擦りつけていくと、肉襞がイソギンチャクのように反応して、男の指にまとわりついた。その反応を確認しながら、生肉をしっかり探検していく。

季之は女体の反応を見ながら、指をピストンさせていく。併《あわ》せて、それまではほぼ受け身だったキスを季之主導に変えていく。

理沙の舌を吸い上げながら、自分の舌で、理沙の口蓋を弄っていく。そのキスの激しさとシンクロさせるように手指のピストンも激しさを増す。

女体が弓なりに反り、逃げだそうとするが、ウエストを左手で抱え、右手で女壺を、そして口の密着も解かないので、逃げようがない。理沙は季之の腕の中で、身体をピクリピクリと痙攣させる。

「あああっ、あああああーっ」

遂にキスをしていられなくなった理沙が、声を上げる。

「痛かった？」

「ち、違いますぅ。なんか分かんないけど、自分が自分じゃなくなったみたい……」

「気持ちよかったんだ……」

「はい。全然違うんです」

若い男の独りよがりなセックスしか知らなかった理沙には、中年男のテクニックは新鮮だったのだろう。

「もっと気持ちよくなれるから、僕に任せてね……」

「お願いしますぅ……」

季之は、中指で蜜壺の愛撫を続けながら、人差指でクリトリスを優しく弾く。それと同時に、フルフルと震えていた屹立しっぱなしの乳首に再度吸い付いた。

「あっ、あああっ」

また身体を痙攣させる理沙。

さっきの舌と唇の愛撫だけではない。今度は歯も使った。軽く歯で噛みながら、舌先で乳首を嬲《なぶ》り、チューッと吸い上げる。

すっかり敏感になっている理沙は、また身体を震わせる。

「あああっ、あああっ、あああっ……、変になりそう……」

「もう止めようか？」

「ああっ、違うの、もっときつく、もっとしてぇ……、気持ちいいの……」

乳首とクリトリスと蜜壺の三箇所のコンビネーションが、女子大生の性感をより研ぎ澄ませる。

季之は理沙の変化を冷静に感じ取りながら、指と口の動きを細かく調整させていく。

(俺って、こんなことができるんだ……)

自分で、自分のことを驚いている。

女子大生を抱いたのは、自分が学生時代の時以来だ。その時はひたすらやりたいだけで、女の子のことなんか、案じている余裕などなかった。その時よりもセックスの経験が豊富になったという自覚はないけれども、年を取っただけのことはあるのだろう。

クリトリスが一番感じているようだ。しかし、乳首の感度も悪くない。

乳首をメインに、クリトリスと蜜壺をサブに攻めていく。

「ああっ、おっぱいが、そ、そんなにされたら……。あああっ、乳首がじんじんして気持ちがいいのぉ……」

「それがイクっていう感じなんだよ。イキそうになったら、遠慮なく、イク、とか、気持ちいいって叫んで、僕に教えるんだ！」

「ああっ、凄いですぅ。ああっ、イクッ、イクっ、イクううううっ」

理沙は自分の言うべき言葉が分かると、悦びを発散させる。叫ぶことでさらに快感が増すのだろう。

季之は理沙がアクメに達すると、その余韻を味あわせて、僅かに落ち着いたところで、攻めを再開する。それが女子大生の女体に効果的だった。

「ああっ、ダメっ、ダメーっ、またイクぅううっ」

理沙は小さな絶頂の波を何度も乗り越えながら、より高みに上っていく。三所《みところ》攻めが、いい具合に女子大生の身体を潤ませていく。

花弁がすっかり潤って、弄り続けている季之の指先も、雫《しずく》が落ちそうなほど濡れている。

さっき、理沙の話を聞いていて、結構不感症なのではないかと危惧《きぐ》していたのだが、とんでもない、素晴らしい感度の持ち主だ。

こんなに感じてくれると、攻め甲斐がある。季之は自然と理沙がより感じる方向に手指の動きもシフトしていく。

（これだけ濡らしているんだ。いつでもＯＫだな……）

花弁が開いている。これだけ濡れて入り口も開いていれば、季之の巨根といえども問題なく入るだろう。

理沙は最初こそ季之の肉茎を擦っていたが、既に、握っていることすら難しくなっている。もちろん、それでも男根の屹立はほぼ最高に近い。十分な興奮が季之をさらに奮《ふる》い立たせる。

乳首への攻めも継続しながら神経をより指先に集中させる。理沙の陰毛はかなり濃い方だが、性器の周辺は見事なほど無毛になっている。クリトリスが屹立して硬くなっているのを、意識的にやや強めに弾《はじ》いてやる。

「ああっ、ダメッ、イクぅ……」

『イク』と叫ぶことを教えてから、理沙は遠慮なく『イク』と喘いでいる。

理沙は全身が性感帯になったようだ。もういつだって挿入できるだろう。

季之は乳房の口を外して、理沙を見つめる。理沙も季之の視線に気づき、見つめ返してきた。

「気持ちよかった？」

「信じられないくらい、よかったですぅ。やっぱりマスターは凄いですぅ」

「そろそろ入れちゃう？」

季之はラビアに触れた指を小刻みに動かしながら聞く。

「ああん、ダメッ、それっ……」

理沙の蜜穴から淫液が噴き出してくる。

「理沙ちゃんのお汁が凄いね……」

「ああっ、言わないで……、恥ずかしい……」

恥ずかしがる様子が初々しい。

季之は「入れたい」と理沙がはっきり言わないのをいいことに、股間に頭を突っ込んだ。

「おじさんのお口で、オマ×コを味あわせてもらうね……」

「そんな、穢《きたな》いですぅ……」

「とんでもない。女の子のオマ×コほど綺麗なものはないよ」

季之はそう言うなり、女子大生の淫裂に唇を密着させて、思いっきり吸い上げる。既にトロトロだった花弁から、蜜液が口の中に流れ込む。それを中年男はじゅるじゅると音を立てながら啜ってやる。

「ああん、嫌ですぅ。恥ずかしい、そんなエッチな音を立てて啜らないでぇ……」

「理沙ちゃんのマ×コ汁、エッチな音が出るほど美味しいんだから、仕方がないよ」

「あぁっ、そんなあ……」

半泣きの理沙を尻目に、季之は舌を硬く丸めて中に挿入すると、新たに分泌される蜜液を舐め取る。その合間には、すっかり硬くなった花弁の上の小豆を舌先で擦り上げる。

「ほら、気持ちよかったら、恥ずかしいじゃなくて、イクって言うんだ」

「ああん、マスターの意地悪ぅ……。でも気持ちがいいのぉ……、何でこんなエッチなことが気持ちいいのぉ……、ああっ、イクぅ、いくぅ……、イッちゃうのぉ……」

理沙の腰が浮き上がり、ガクガクと揺らして痙攣する。

「ヤバすぎるぅ……、ああん、気持ちいいっ……、こんなになるなんてぇ……」

舌の届くところは、蜜壺のごく入り口だ。しかし、理沙のよがりようは尋常ではなかった。季之は、それを見ると、どこまでよがるものか、さらに知りたくなる。舌の動きを活発化させ、漏れ出る愛液をことごとく吸い取っていく。

「あああん、オマ×コの中で、マスターの舌がぐるぐる回ってるぅ……。あああん、こんなことされるの、初めて……、ああっ、気持ちいいのぉ……」

理沙はまた絶頂に達する。さっきから何度頂点を極めているのか分からないほどだ。半狂乱になってよがり狂う女子大生の様子は、中年男の逸物を最高潮にまで育て上げている。

「そろそろ繋がるね」

季之が声をかけた。

「ああん、来てぇ、お願いしますぅ……」

理沙の股間を覗き込むと、昂《たかぶ》っていることは火を見るよりも明らかだった。花弁とその間から見える蜜襞はすっかり充血しており、クリトリスも赤黒く屹立してフルフルと震えている。

「入れるよ」

季之は理沙の尻朶《しりたぶ》をしっかり押さえると、すっかり膨れ上がった肉刀を蜜壺の入り口に押し当てる。

「ああっ、マスターのおち×ちん……」

花弁の間の生肉に亀頭が接触する。その感触に女子大生は期待に満ちた声を上げげた。

「大丈夫。問題なく入りそうだよ」

季之はゆっくり腰を押し出し、自慢の逸物を女子大生に挿入し始める。

「ああっ、ああん、凄いぃ、ほんとうに大きいのぉ……」

「痛いかい？」

「痛くないですぅ。擦れるのが、気持ちいいのぉ……」

狭い肉穴を引き裂かんばかりに、太竿が突き進む。蜜壺が大きく変形する。前技ですっかり柔らかくなった肉襞が、ごつごつした肉棒を包み込む。

「ああっ、大きいのが、気持ちいい……。ああっ、入ってくる……、ヤバいよぉ……っ、信じられないくらい、気持ちいいのぉ……」

挿入された季之の逸物をしっかり味わおうというのか、理沙は無意識に腰を震わせる。その動きが、季之の快感も引き上げる。

既に何度も絶頂している理沙の中は、愛液でドロドロになっていて、どこまでも柔らかい。その柔襞は粘りつくように肉茎に絡みつき、快感を伝えてくる。

剛直が一番奥に到達する。

(なんだよっ、これっ、気持ちよすぎる……)

理沙は、無意識のうちに季之の逸物をしっかり締め付けてくる。濡れた肉襞とカリの括《くび》れがひときわ大きな亀頭が擦れると、甘い快感が中年男の背中を痺れさせる。

「ああっ、奥がぁ、奥が、いいっ……。あたしの中が、マスターで一杯なのぉ……」

理沙の身体が引《ひ》き攣《つ》るのを感じながら、季之の逸物が一番奥に達する。

「これで、僕と理沙ちゃんが完全に繋がったんだよ……」

「ああっ、マスターと、こういう関係になれて、ほんとうに嬉しい……。ああっ、ずっとこうして繋がっていたい」

理沙が涙ぐんでいる。

理沙の気持ちは痛いほどよく分かる。しかし、蜜襞の動きは、季之に『動け、動け』とピストンを促すものだった。

「理沙ちゃん、そ、そろそろ、動かしてもいいかな……？」

季之は我慢しきれなくなって理沙に訊く。

「あああん、マスター……、ああっ、激しく突いて、理沙をもっと……、もっと気持ちよくさせて下さい……」

「ああ」

季之はそう答えると、ピストンを開始する。

「ああっ、あうっ……、あっ、いいいっ、あああああん」

血管の浮き上がったごつごつした逸物が、大きく前後し始める。季之は上から体重を乗せるようにして、積極的に突き入れを始める。

理沙は眼を瞑り、眉間に皺を寄せている。

「ほんとうに痛くないね？」

「痛くない、気持ちいいだけですぅ……」

その言葉に背中を押された季之はさらに蜜壺を抉《えぐ》っていく。美人女子大生は、頭を左右に揺らしながら、季之に合わせて腰を振っていた。

肉棒が抜き差しされるたびに、膣口から、淫靡《いんび》な匂いと、トロトロの愛液とがまき散らされる。

（凄いな、この子、俺の精を本気で吸い上げる気だ）

おそらく本人は全く気付いていないのだろう。しかし、理沙は確実に最高の快楽を得るつもりで、腰を動かしていた。おそらくそれは本能的なものなのだろう。そして、それが、季之の快感にもいい影響を及ぼしていた。

（ああっ、こんな気持ちいいオマ×コ、初めてかも……）

腰を引くときの敏感なエラの部分に当たる肉襞の感触が、中年男に経験のない快感を生む。山崎涼子と関係するまで、十年間童貞同様だった季之にとって、この快感は辛いものでもあった。

射精への欲求がどんどん盛り上がってくるのだ。

「あん、あん、あん、あああっ……」

季之の腰の動きに合わせるように理沙の肉襞もうねり、可愛らしい声を上げる。このままいったら、限界まですぐに到達しそうだ。

「理沙ちゃんが上になって……」

季之はすっかり濡れそぼったペニスを女の膣から引き抜くと、そのまま仰向けになる。

「あああっ、恥ずかしい……」

そう言いながらも理沙は中年男の腹の上に跨り、自ら硬いものを探し出して指で立てると、躊躇なく腰を下ろしてくる。

「あっ、あっ、ああっ、あっ……」

声を漏らしながら、女子大生の蜜割れが男の太長い逸物を食べていく。女陰に七割ほど隠れたところで、亀頭が子宮口に到達し、下から押し上げる。

「ああっ、下から突き上げられる感じがヤバいですぅ……」

季之が下から両手を出してやると、理沙の小さな手が絡みつく。

「理沙ちゃんが気持ちよくなるように、自分で腰を振るんだ……」

「ああっ、そんなあ、無理ですぅ」

そう言いながらも本能的に蜂腰を左右に振り始める理沙。

「そんな遠慮した腰の振り方では、一番気持ちいいところを探しきれないよ……。もっと腰を大胆に使うんだ」

「こ、こうですか……？」

ダイナミックというにはほど遠いが、少しずつ、自分で腰を上下に動かし、肉壺の当たり方を味わい始める。

「ンああっ、ああああっ、あっ、あっ、ああああーん」

しかし、両手を組んだ態勢では限界があった。

「理沙ちゃん、両手をベッドについて、身体を支えてごらん。それで、手で支えながら思いっきり腰を振るんだ」

「こうですね……」

理沙は従順だった。言われたように両手で身体を支えると、足のバネを使って腰を大胆に動かし、肉棒を上下に出し入れする。

「あっ、あっ、あっ、あっ、あーっ……、凄いっ、凄すぎるぅ……」

嬌声が激しくなり、Hカップの乳房が上下に揺れる。下半身の擦れを味わいながら、巨乳が躍るダンスを見上げるのは、季之にとってこの上ない眼福だ。しかし、その動きは長くはなかった。

「ああっ、もうダメっ、これ以上動かせないですぅ」

あまりの気持ちよさに遂に腰の動きが止まり、理沙の身体が倒れ込んでくる。その身体を季之が抱きしめる。

肉棒が一番深いところに入って繋がっている。子宮口がぎゅっと持ち上がり、それが女子大生の持続的快感に繋がっている。

「奥まで全部が気持ちよすぎてぇ……、ああっ、深いんですぅ……」

理沙は切なげに腰を動かす。じっとしてはいられないのだ。季之は理沙の動きに合わせて、腰を突き上げてやる。

「あぁっ、ダメぇっ……、そ、そんなことされたら、あたしぃ……、あぁっ、あん」

よがり声を零している口を塞ぐように、キスを求めてやる。

舌を絡ませながら、下から腰を突き上げてやると、理沙の身体が痙攣しながら、さらに逸物を締め付けてくる。

そのまま横臥位になり、横から理沙の足を持ち上げて突き入れていく。さらにピストンを繰り返しながら、再度正常位に戻る。

季之は膝立ちになり、理沙の腰を持ち上げるようにして、斜め上から抜き差しを進める。

さっきの正常位とは力のかかる場所がずれている。それが、女子大生の快感をさらに生んでいく。

「ひ、ひあああああーっ、そこっ、そこがぁっ、あひぃぃぃぃぃぃぃぃ……」

今晩一番の絶叫とともに、理沙が季之の下で大きく痙攣した。

どうも、この形でするのが、理沙の一番感じるところらしい。そこをめがけるようにして、季之は硬化した亀頭を打ち込む。

「あぁっ、これだめっ、あぁっ、あっ、イク、イク、イク、イッちゃうぅぅぅぅ」

　ピストンの時に漏れ出た愛液で、二人の股間も、シーツもびしょ濡れになり、熱気と淫臭が吹きこぼれる。

「僕も限界だよ、コンドームあるの」

「そんなもの、ありません。マスター、あたし、今日は安全日ですから、気にしないで、中に出してくださいぃ」

「まさか、そういうわけにはいかないよ」

　季之は膣外射精をするつもりで、抜き取ろうとした。しかし、理沙が腰を締め付け、抜き取りを許さない。

「お願いですから、中に出してぇ。お願いっ……」

　理沙はすがるような眼で見てきた。

「分かったよ。中に生で出すよ……」

　季之は中出しのための抜き差しを始める。理沙の肉襞が、強い抜き差しにより反応して、肉棒をぐいぐい締め付けてきた。

「イクぅ……、イクぅ……、イクっ、イク、イクぅぅぅぅぅぅぅ……」

　今日最高のエクスタシーを感じた美少女は、全身を震わせて絶頂に昇りつめていく。

「出るぞぉ……っ」

同時に、季之も我慢の限界を超えた。強い快感に導かれながら、白い礫《つぶて》を理沙の子宮に浴びせていく。

「ああっ、マスターの精液が、精液があぁぁ、熱いですぅ……。ああっ、気持ちいいのぉ……」

理沙は最高の快美を感じながら、季之の精液を中でしっかり受け止める。理沙の締め付けはそれでは終わらなかった。季之も一度で放出は終わらずに二発、三発と発射を繰り返し、最後は腑抜けになった身体が、女子大生の上に崩れ落ちた。

「どうだった、僕とのエッチ？」

「最高でした。セックスがこんなに素敵なものだったなんて、ほんとうに初めて知りました」

理沙はベッドの中で優しく微笑む。

ようやく少し萎《な》えた逸物が理沙の中から抜き出される。

「ティッシュは？」

男は後始末用のティッシュペーパーを求めた。

しかし、美人女子大生は、自分を愛してくれた肉棒をティッシュで拭《ぬぐ》うことをしなかった。愛液まみれのそれをすぐさま口に咥《くわ》えたのだ。ペロペロ美味しそうに舐めまわす。お掃除フェラだ。

「穢くないのかい？」

快感に咽びながら、季之が尋ねる。

「だって、マスター、さっき、フェラしたいときはいつでもしていいよ、って仰いましたよね。それが、今」

女子大生の舌捌《したさば》きはぎこちないが、女壺の中で擦られて敏感になっていた肉棒には美酒のような快感だ。

「おおおおっ、き、気持ちいいっ！」

季之の声に、ますます舌を熱心に絡める理沙。逸物は美女の口の中で急激に膨らみ、喉を突きそうになる。

「あっ、凄いっ。マスターのおち×ちん、こんなになっちゃった」

上手く口から出した女子大生は、汚れをすっかり舐め取った怒張を手指で擦り始める。

「マスター、これなら、もう一回できますね……」

欲情の炎が燃え上がる理沙の瞳に、引き込まれるように季之は頷く。自分でも信じられない回復は、すぐに二人の二回戦につながった。

第三章　グラマラス人妻は同級生

1

「先生、一度うちの庭を見て、アドバイスしていただけませんか？」

「いつにしましょうか？」

「今度の木曜日の午後三時とかでもよろしいでしょうか？」

「大丈夫です」

先生と呼ばれているのは、竹中季之。先生と呼んでいるのは、榎本貴和子《えのもときわこ》である。

季之は今、涼子の教室で、園芸教室の講師を務めている。

そんなことになったのは、涼子から依頼されたからだ。

ある日、一戦を交えた後のピロートークで、涼子が持ち掛けてきた。

「うちのフラワーアレンジメント教室の生徒さん、みんなガーデニング好きで、園芸教室をやって欲しいという要望が出ているんだけど、季之さん、講師を引き受けてくれない？」

断るわけにもいかず、毎週教室に通って、フラワーアレンジメント教室の後に、希望者向けの講義を行っている。

季之の講義は、経験に裏打ちされた実践的なもので好評だった。しかし、生徒たちは講義だけではなく、自分の庭での具体的なアドバイスを欲しがった。

季之にしてみれば、自分の商売に直接結びつけられるありがたい機会だ。そこで、生徒宅へ出向いての訪問アドバイスも始めたのだ。

貴和子は、教室に来ているマダムの中では、最も美人で、最も若く見えた。芍薬《しゃくやく》のような美女というのが一番ぴったりくる、華やかな美女だ。全体的にスリムなのに、胸がアンバランスなほど発達しているところが目を惹いた。

（いくつなんだろう、涼子と同じぐらいかな……？　まさか二十代っていうことはないよな……）

そう興味を持って見ていた美人マダムからのお誘いだ。もちろん、庭へのアドバイスが目的だが、ゆっくり話ができるのは、季之にとっても嬉しい。

約束の日に、貴和子の家を訪ねた。

貴和子の家は、古くに開発された区画整理地の一番奥にあった。

重厚な豪邸が立ち並ぶ中、貴和子の家だけが、比較的新築の南欧風の家だった。庭だけで二十坪はありそうだ。ラティスとパーゴラを上手く使い、目隠しをしながら、華やかに花を咲かせている。専門の庭師を入れて作ったものに違いなかった。

「立派ですね。これだけ立派に育てた庭なら、僕がアドバイスすることなんか、何もないですよ。何をアドバイスすればよいのですか？」

「家の中で相談しますから、どうかお入りください」

リビングルームに通された。リビングルームからの庭の景色がまた壮観だった。リビングルームの先にテラスがあり、その先に花咲き乱れる庭が続いていて、一体感を感じさせる設計になっている。

「ほう、これはこれは……」

季之はリビングルームに立ち尽くしている。

そこに貴和子がコーヒーを用意して入ってきた。

「どうぞこちらにお掛けください」

貴和子に促されてソファーに座る。

「どうぞコーヒーを召し上がって」

「いえ、お構いなく……。それよりもどういうご相談なのでしょうか？」

庭を実際見ての、園芸のアドバイスが今日の目的だ。

しかし、それに答えることなく、貴和子は突然口調を変えた。

「竹中君、あたしのこと、本当に覚えていないんだね」

季之は、いつも「竹中先生」と呼ぶ貴和子が、突然、竹中君と呼び掛けたことにまず驚いた。

「えっ、どういうことですか？」

思いがけない問いかけに、貴和子の顔をまじまじと眺めた。

「あたし、旧姓、岸川《きしかわ》です。岸川貴和子。城央高校三十三回卒よ」

「えっ、城央高校三十三回卒って、僕の同級生の、あの岸川くん？」

「あの、っていうほどではないけれど、そうよ、城央高校で竹中君と同級だった岸川貴和子」

「えっ、本当？」

季之は驚いてまじまじと貴和子の顔を見た。

「そう言われると確かに岸川くんだ。面影があるね。昔と雰囲気が違うから、全然気づかなかったよ」

「あたしは、最初に教室に行ったとき、すぐに気づいたわ」

岸川貴和子と季之は今を去ること二十五年前、同じ都立城央高校で出会った。

貴和子は同級生の中では群を抜いた美少女で、早速部活の花形であるサッカー部のマネージャーになり、すぐにマスコット的存在になった。当時はキラキラ輝いていて、根暗な季之が近づけるような存在ではなかった。

岸川貴和子のことは忘れていなかったが、今ここにいる榎本貴和子と結びつかなかったのは、雰囲気がすっかり変わっていたからだ。

確かに顔立ちは昔の面影がしっかり残っている。しかし、あの頃は黒髪をショートカットにしていて、元気溌剌《はつらつ》な美少女という感じだったが、今ここにいる美女は、ダークブラウンに染めたウェーブのかかったロングヘアで、プロポーション抜群のグラビアモデルみたいに見える。

もちろんお化粧も違う。高校生の時はもちろんスッピンだったが、今は一見ナチュラル風ではあるが、かなり手の込んだメイクをしている。アイメイクは全然違っていて、眼のまわりに関しては全然同一人物とは思えない。

乳房のボリュームが半端ない。高校生の時は巨乳だった記憶はない。

「昔、もっと細身《ほそみ》だったよね」

「いやあね。太ったのよ。女は子供を産むとダメね……」

「いや、そんなことないよ。今の方がプロポーションいいでしょ」

季之はお世辞抜きに言った。

「まあグラマーになったことは間違いないわ。ありがたいことに、子供生まれたときにおっぱいが膨らんでたくさん出たのね。普通は断乳すると小さくなるんだけど、あたしの場合、全然小さくならなかったの。実は体重は、結構元のところまで戻ったんだけどね」

「へえ、それって凄いじゃん」

季之はごくりとコーヒーを一口飲んだ。それから季之は貴和子に尋ねる。

「岸川くんって、確かサッカー部だったよね」

「そう。そして、竹中君は美術部」

「よく知っているね。城央ってさ、何かスポーツできなければ人にあらず、みたいな感じでさ、文化系の部活は馬鹿にされていたというか、無視されていたというか」

「うん、竹中君、放課後いつも美術室にこもって絵を描いていた」

「何で、そんなこと知っているの？」

美術部はあるかないかも分からないくらいのマイナーな部活だった。

「だって、あの頃のあたしの憧れの君《きみ》は季之だったから……」

「嘘だぁ、だって、あの頃、岸川、カレシいたじゃん」

季之はもちろん貴和子が冗談を言ったものだと思っている。軽く言い返した。

「うん、付き合っていた。サッカー部の先輩と。でもヤツ、脳みそも筋肉でできている馬鹿で、サッカーと女の子と遊ぶことしか考えていなかったから、すぐに別れたの」

「へえ、知らなかった」

「あたし、自分の筋肉に自信を持っているマッチョって駄目なんだということを、最初のカレシで知ったの。で、そのころから、黙々と絵を描いていた季之のこと、いいな、って思ってずうっと見ていた」

「ええっ、ちょっと待ってよ。それ、何で、高二の時に教えてくれなかったの……？実はあの頃の僕の憧れの君も岸川だったんだよ」

「エーッ、知らなかった。そんなこと。だいたい季之、そんな素振り、一度も見せたことがなかったじゃない」

「だって、あの頃の岸川、みんなの憧れの的で、俺よりずっとイケメンが告白して、みんな討ち死にしてたじゃないか。そんなマドンナに、俺みたいな根暗な美術馬鹿が言い寄れる訳ないよ」

「そんなことなかったんだけどなあ。確かに高二ぐらいからカレはいたけど、季之のことはずっと気になって見ていて、季之が告白してくれていたら、絶対その時の彼を捨てていたと思う」

「えっ、それって、ひょっとして高校時代に岸川とエッチできていたってこと」

「そうね。あたし、本当のことを言うと季之に処女をあげたかった」

「エーッ、ちょっとそんなこと、聞いてないよぅ」

当時、そんな気配は全く感じることはできなかった。貴和子が季之を喜ばせるために話を盛《も》っているに違いない。

「でも季之にもチャンスあったんだよ。あの時、あたしの季之好きビームに気づいてくれていたなら」

「ええっ、そんな風に見られていたなんで、全然分かんなかったよ」

「ほんとうに鈍感だったんだね。今も鈍感だからね。あたしのこと気づかなかったし……。それでね。ああ、この人、あたしのこと全然好いてないんだって、思って諦めていたの」

「うっそー、ああっ、失敗したなあ。二十五年前にそのこと知っていたら、すぐにでも声をかけていたのになあ」

二十年以上の時を経ても同級生は同級生だ。当時に戻ったような、お互いのため口が気持ちいい。

「でもさ、二十二年ぶりに再会したんだからさ、その時のことを思い出して、あたしに告白してくれてもいいんだよ」

「でも、岸川。今は榎本という名字で、要するに人妻だろ?」

「うん。一応旦那のところに籍は入っている」

「だったら、それってちょっと拙《まず》いでしょ」

「別にいいよ。旦那は、家庭に仕事を持ち込んでもセックスは持ち込まない、っていう人だから……」

「え、ということは……?」

「あたし、自慢じゃないけど、ここ三年は処女だよ。一昨年から旦那は単身赴任で、九州に行ったきりで滅多に帰ってこないし、向こうには現地妻がいるし」

「ええっ、それが分かっていて、嫉妬しないの?」

「しないわ。あの人のこと、もう別にどうでもいいから……。ちゃんと生活費だけ入れてくれれば、何をしようがあたしの知ったことじゃないの」

「割り切っているんだ」

「まあ、こんな豪邸に住めるし、経済的には安定しているから離婚をするつもりはないけど、自分は自分で好きに生きたいと思っている。それで、庭も全部自分が好きなように手直ししたんだけど、やっぱりそれだけじゃ詰《つ》まんないのよ」

「お子さんの世話とか、あるでしょ？」

「そっちももうおしまい。大学までエスカレーター式の附属中学校に入っちゃって、もう部活三昧《ざんまい》よ。夕方帰って来たって、自分の部屋にこもってネットばっかりやっていて、あたしと顔を合わせるのは、食事の時だけよ。みんな、勝手しているの。だから、あたしももう一度青春を楽しみたいの。多分、季之が告白してくれたら、二十年前に戻れそうな気がする」

季之はあまりの驚きに声が出なかった。高校時代の憧れの君が、向こうから誘ってくれるのだ。それも昔よりグラマーに妖艶に進化して……。

しかし、何も言わない季之に焦《あせ》った貴和子は言葉をつづけた。

「季之はこんなおばさんじゃ、もう嫌かな……？」

「と、とんでもない、今の岸川だって滅茶苦茶綺麗だし、僕には勿体ないぐらいだよ」

「嬉しい。だったら、告白するのは男の義務だよ。季之、告白して」

「でも、本気か？　僕はこんなしがない花屋だぜ。こんな高級住宅地の広い家に住めて、一流企業で支店長している貴和子の旦那とは格が違うんだ」

「そんなの関係ないよ。あたし、季之の講義を受けていたけど、内容にメリハリがあって分かりやすいし、花に対するセンスはいいし、マダムたちには礼儀正しくて優しいし、本当にあの教室内では季之は人気者なのよ。あのマダムたちの様子を見ていて、高校時代のあたしの目に狂いはなかったと思ったの……。だから、季之から告白さえしてくれれば……」

「ふ……、不倫関係になってくれる、ということかい？」

「不倫じゃないよ。あたしと夫は家庭内離婚中なんだから、普通の恋愛関係だよ」

実際告白しているのは貴和子だった。それに応えないのは男がすたる、というものだろう。

「分かった。告白する」

季之は立ち上がると貴和子の前に跪き、彼女の両手を握った。

「貴和子さん、二十五年前から大好きでした。僕とお付き合いしてください」

「あら、それは嬉しいわ。喜んでお付き合いさせていただきます」

「もちろん、大人の男女としてふさわしいお付き合いですよ」

「どんなお付き合いかしら」


それから二人は、園芸の話そっちのけで、昔話や今の話で盛り上がった。ただ、惜しむらくは、もう夕方だった。貴和子の一人娘がそろそろ帰る時間だという。

「もうこんな時間、残念だわ」

「今日は失礼するよ。それよりさ、今度は僕のところにおいでよ。こんなに広くも立派でもないけど、二人で楽しむのはちょうどいいから……」

亭主のいない留守宅に上がり込んで女房を寝取るというのは、どうにも気が進まない。狭くても、自分のマンションの方が気が楽だ。

「じゃあ、今度はあたしが季之の部屋を訪問する番ね」

「お待ちしています」

季之が玄関で靴を履いていると、貴和子が唇を突き出してきた。季之はその上に「チュッ」とキスをした。高校時代の甘い思い出のようなキスだった。

2

そして翌週水曜日の午前十時。貴和子が季之のマンションを来訪した。

「いらっしゃい」

玄関を開けると、コート姿の貴和子がたたずんでいる。

教室に来るときの貴和子はいつもパンツスタイルだが、今日は珍しくコートの下はスカートのようだ。

「狭くて汚いところだけど、さあ、どうぞ」

貴和子は部屋の入り口でローファーを脱いだ。

「えっ、ルーズソックス」

「うん、懐かしいでしょ。しまい込んでいたやつを引っ張り出して履いてみたの」

季之たちの高校時代、ルーズソックスは女子生徒の必須アイテムだった。

「じゃあ、ひょっとして……、コートの下は……？」

「うふふ。今脱ぐからちょっと待ってね」

貴和子は季之に背を向けると、コートを脱ぎ去った。

「ワオーッ」

季之の予想通りだった。貴和子の今日のいでたちは、昔懐かしい城央高校の制服だったのである。

紺の金ボタン付きスクールブレザー、チェックのプリーツスカート。下はピンクのブラウスに制服リボン。昔の可愛らしい貴和子を彷彿《ほうふつ》とさせる。

「これを着たら、季之も昔の気分になってくれるかと思って、恥ずかしかったけど着てみたの」

「よく似合うよ」

「うふふふ。自分で言うのも何だけど、結構色っぽいでしょ」

その通りだった。女子高生の制服を成熟した大人が着ると、妖しい色気がむんむんである。頷いた季之に向かって貴和子はさらに続ける。

「ウェストは昔より絞れているんだけど、胸とお尻が大きくなったのよ。高校生用のブラウスだと胸が苦しいから、これだけは大人用」

貴和子は胸を突き出してみせる。自慢の巨乳が映える。

「スカート、昔はもっと短く穿いていなかった？」

「穿いてた。でもね。昔みたいにすると、お尻が出そうでヤバいのよ」

「そうなんだ。でもここでは、昔の丈《たけ》まで短くして欲しいな」

「うふふ。季之ってエッチなんだ」

「そりゃね。僕だって、いつまでも純情な少年の訳がないからね」

「じゃあ、ご要望にお応えして短くするね」

貴和子は一瞬物陰に隠れてスカートの丈を直すと、再度見せに現れた。

「こんな感じかな」

「いや、もっと短くなかったかな？　あの頃って、パンツが見えるか見えないかっていうくらいぎりぎりまで短くしてたよね。ベスト着るとさ、ベストの下から五センチぐらいしかスカートが見えないとかいう子もいたよ」

「そうだったかな。あたしはそこまで短くしていなかったと思うけど、季之がそこまで短くして欲しいって言うなら、やってみるね」

貴和子は、ぎりぎりまで短くしてくれた。

「恥ずかしいわね。あの頃、スカートは短かったけど、下にスパッツ穿いていたからあまり気にならなかったのよ。今日はほんとうにショーツ一枚だから……」

「僕はあの頃、同級生の女の子が、パンチラを見せてくれたというだけで、鼻血が出そうだったのに、スパッツ穿いていたとは興覚めだな」

季之はそう言いながら、貴和子のスカートをめくった。白いショーツが季之の眼を射る。

「こらっ」

貴和子は、笑いながら、季之の胸を叩いた。

二人はカウチソファーに並んで座る。二人とも足を投げ出している。

「でも、季之って純情だったんだね。女の子にも男を手玉に取るワルは、何人もいたんだけどね」

「貴和子もそうだった？」

「あたしはそのころはもっと純情だったよ。季之のことを思いながら、当時付き合っていた先輩とだけ、求められればしていただけだから……」

「でもその後は華やかな男性経験だったとか？」

「そんなことないわよ。確かに、カレシがいなかった時期は短いけど、最初の彼と別れた後、高校時代にもう一人、大学時代に付き合った人が二人、会社に入って付き合った最初の人が今の旦那だからね。それだけ」

「でも今日は、浮気妻に変身だね」

「だって、高校時代の憧れの君が、こんなチョイワル親父に変身していたんだもの

「……」

じっと見つめてくる。

熟女の制服姿というアンバランスな姿が、季之の性欲を刺激する。

「じゃあ、今日は思いっきり弾《はじ》けるつもりなんだ？」

季之のこの言葉に、貴和子は小さく頷いた。

「キスしようか？」

季之から誘った。

「うん。じゃあ、高校生のキッス」

貴和子が眼を瞑って、おでこを出してくれた。これは額にキスをしろ、ということだろう。季之は貴和子の額に「チュッ」とキスをした。

「青春って感じだね」

貴和子は照れ笑いしながら言った。

「でも、貴和子は、そのころから、大人のキスも知っていたんだ。高校生の貴和子がしていた大人のキスを思い出して、僕にしてよ」

「高校生の時にしていた大人のキスって、全然覚えていないけど……」

上着のブレザーを脱いだ貴和子はソファーの上に膝立ちになると、季之に覆いかぶさるように唇に唇を近づけてきた。密着する。

季之は当然のように舌を送り出す。それに応えるように貴和子も舌を出し、すぐにディープキスになった。

季之は、キスをしながら、貴和子の胸に手をあてがった。硬いカップはしっかり乳房をホールドしており、その谷間の深さは、その大きさを想像させる。季之は既にブラウスのボタンに手を掛けている。

一方で、キスも熱心に続いている。お互いの舌が絡み合い、季之が引けば貴和子が攻め込み、貴和子が脱力すれば季之の舌が、口の中を弄る。その密着したせめぎあいが、お互いの興奮を増幅し、周囲の温度を上げていく。

ブラウスのボタンを三つ外したところで、息苦しくなったのか、貴和子が口を外した。

「季之って、キスが上手だね」

「そういう貴和子だって、さすがに経験豊富っていう感じがする」

「でも、あたしはそんなに経験ないよ。それより季之の方が凄いよ。もう三つもボタンを外している」

「まあ、僕もそれなりに経験してきたからね。童貞だった純情な高校生の時とは違っているよ」

季之はそう言いながら、自分の着ていたTシャツを脱ぎ捨てた。そして、今度は自分から貴和子の唇を求めていく。

またディープキスになり、季之のボタン外しも再開する。全てのボタンを外すと胸をはだけた。ブラウスに合わせたピンク色のフルカップブラが露わになる。季之は貴和子の耳元で囁いた。

「このままブラのホックを外して貰ってもいいかな……」

「えっ、何か、凄いエッチなことを考えているでしょ」

「昔を思い出して、制服姿の貴和子とエッチしてみたいんだよ」

「発想がほとんど狒々《ひひ》オヤジだよ」

そう言いながらも、貴和子はブラジャーのホックを外してくれた。

「先にショーツも脱いでほしいな」

「本気で制服着せたままエッチするつもりなのね。なんか、あたしとしては凄く恥ずかしいんだけど」

「でも、今日は僕とエッチするつもりで、その格好で来たんでしょ。だったら、制服着たままのエッチは当然考えていたでしょ」

「なんか強引に言いくるめられている気がするわ」

そう言いながらも、貴和子はショーツを脱ぎ下ろしてくれた。

「ありがとう。それじゃあ、セックスのことしか頭になかった高校生時代を思い出して、貴和子にがっつかせてもらうね……。ソファーに両膝を立てて貰ってもいいかな」

「えっ、こんな感じかな……。あっ、やだ！」

スカートがたくし上げられ、股間が丸見えになる。慌てて、貴和子は足を伸ばして股間を隠した。

「貴和子。隠さなくてもいいと思うけど……。まあ、隠しても今日中に貴和子の全てを知るつもりなんだから、あとの楽しみかな……」

そう言いながら、季之は貴和子の身体にのしかかっていく。

情熱的なキスを再開しながら、右手は、ブラジャーの下に潜っていく。柔らかい肉球が手に吸い付くようだ。

「お餅みたいなおっぱいだ」

「ウフフ、柔らかいでしょう」

「見てもいいかな」

そう言いながら、ブラジャーをずり上げていく。Gカップの巨乳が露わになる。

手で触れても、その中に収まらないくらいの巨乳だと思ったが、こうやって、目の前に露わになると、その大きさがより実感できる。その上、乳暈が高く盛り上がったパフィーニップルだった。

「わおーっ」

季之は思わずしゃぶりついてしまう。乳暈を吸い上げるようにすると、すぐに貴和子が声を出す。

「ああん、ダメッ、そんなに急に吸っちゃあ」

「だって無理だよ。こんな美味しそうなおっぱいなんだもの」

貴和子の言葉に構わず、ちゅうちゅうと吸い上げる。さらに舌で乳首をレロレロと刺激すると、乳首が屹立してくるのが分かる。そうなると、季之はさらに興奮して、舌を激しく動かしてしまうのだ。

「ああん、乱暴に扱われている。ああっ、ダメッ、おっぱい感じやすいの……。ああ、そ、そんなにされたらあ、ああ、凄い、ああっ、あん、あん、あん……」

季之は憧れの同級生の乳首をべとべとにして、ようやく顔を上げた。

「貴和子がこんなエッチなパフィーニップルの持ち主だったなんて、全然知らなかったよ」

「バカあ……。はっきり言わないでよ。自分がスケベですって言っているみたいで、恥ずかしいんだから」

支店長夫人は、頬をうっすらと赤らめてはにかむ。ほんとうに恥ずかしそうに顔を背けた。

「恥ずかしくなんてないよ。僕はね、こういうおっぱいが大好きなんだ。憧れの彼女がこんなおっぱいを持っていることを知って、今は天にも昇る気持ちだよ」

「えっ、季之はこんなおっぱいがいいの？　もう垂れはじめてるよ」

「最高だよ。貴和子みたいな上品な奥様が、こんなエロいおっぱいの持ち主だって、そのギャップも嬉しいし……」

「それって、あたしがものすごくエッチに見えるってこと？」

「うん、そう。というか、そうであって欲しいんだ。僕の彼女なら、外見は上品だけれども、ドロドロした性欲があって、僕の前ではそれを爆発させてくれるような女がいいんだ。貴和子もきっとそんな女になってくれるって信じている」

「もう、季之ったら、そんな露骨なことを言う奴だとは知らなかった」

貴和子は眼のふちまですっかり赤く染めている。

「口に出したことはなかったけど、高校生の時からずっとそう思っていたよ。でも貴和子を見ていたら、言いたくなったんだ」

季之は巨乳に手を置いたまま一気に言った。それから、手に力を入れていく。柔らかな乳房が変形する。

「で、貴和子はどうなの。なってくれるよね。貴和子はどうしたいのか、正直に言ってよ……」

「あたし……、旦那とエッチしなくなってから、性欲なんかなくなったと思っていた。でも季之の顔を見たら、あたしにも性欲があったんだって思い出したの。だから、季之とだったら、どんなこともできそうな気がするわ……。ああっ、恥ずかしい」

貴和子は両手で自分の顔を覆った。

「僕の前ではエロいことは、恥ずかしいことじゃなくて、偉いことなんだ。エロいは偉いだよ」

「エロいは偉い？」

「そう、僕の女になる以上は、エロいは偉いと信じて、もっとエッチになって欲しいんだ」

「なるわ。あたしはエッチなおっぱいの持ち主なんだから、季之がやりたいことを聞いて、もっとエッチになる」

「そうだね。だったらこのエッチなおっぱいを、僕にもっと好きに弄らせて」

「うふふ。いくらでも揉み揉みしていいし、おしゃぶりしてもいいわ。その代わり、あたしを気持ちよくさせてね」

貴和子はニコッと微笑んだ。

乳房に置いておいた手に再度力を込めると、いくらでも変形する感じだ。パフィーニップルの上の突起は、いつの間にかすっかり硬くなっており、そこを弾くと、乳房全体がさわさわと揺れる。

「ああん、季之ぃ……」

「貴和子、本当に柔らかい。最高の揉み心地だよ」

季之は掌いっぱいに広がる圧倒的な量感に感動する。指がずぶずぶと沈み込んでいくのだが、しっかり反発があって、揉めば揉むほどに止めたくなくなる極上の揉み心地だ。

「ほんとうにそうなの？」

「最高だよ。揉んでいるだけで、天国の心地がする」

「そんなこと言ってくれた人、季之が初めてよ。ああっ、大好き……」

季之は、甘い吐息を零しながら、悦んでくれる貴和子に感動しながら、再度乳首を口に含む。屹立した乳首に甘嚙みをしながら、吸い上げ、舌も使って舐る。

「ああっ、それ、本当にダメっ、気持ちよすぎて、おっぱいだけでイッちゃいそう」

その言葉を聞きながら、季之は、ショーツを脱いだスカートの下に手を伸ばしていく。

「ああ、それ、ダメッ」

そう言って、貴和子が足を閉じたときはもう遅かった。男の指先は、ざらざらした繊毛を探り出し、その下に息づく女の源泉に達していた。

「ああっ、ヌルヌルだっ」

ふっくらした肉弁はびっしょりと濡れそぼり、さらに失禁したかのように垂れて、ソファーの表面に染みを作っていた。

「だって、おっぱいがあまりにも気持ちがよくて……ああっ」

「それにしても凄くぬれているよ。おっぱいだけでこんなに……？」

「ああっ、分かんない。なんか、季之にされていると、こんなになっちゃうんだよ」

四十の熟女なのに、制服姿で悶える姿は新鮮だ。

かつての同級生と、高校時代の制服というコスプレでプレイしているということが興奮を際立《きわだ》たせているのだろう。

「貴和子はどっち触られるのが好き？　おっぱいと今僕が触っているとこ」

「ああ、言うの……？」

「言って欲しいなあ……」

貴和子は何と答えようかと口籠《くちごも》った。しかし、季之が股間に滑らせた指を何度も撫でるようにすると、声を震わせながら言った。

「あぁ、どっちも好きよ……」

「敢えてどっちかを選んで欲しいって言われたら、どっちがいいの……？」

また口籠る貴和子。しかし、答えなければいけないと思ったのか、小声で「おっぱい」と言った。

「ふーん、おっぱいなんだ。こんなに大きくて、感じやすそうだものね……。でも、こっちも好きなんだよね」

季之は人差し指で溢れる源泉をかき混ぜながら、親指でクリトリスを刺激する。

「ああっ、ダメッ！」

「ダメか、いいか、なんて訊いていないよ。こうやって弄られるのが、好きか、嫌いかって訊いているんだ」

「だ、だから好きですぅ……」

「本当はおっぱいよりもこっちを弄られる方が好きでしょう」

貴和子の顔を見つめながら、指をさらに激しく動かす。

「ああっ、好きよ。こっちを愛撫されるのも好き」

「こっちの名前、何ていうか、教えてよ」

「ああっ、そんなことぉ……、季之、知っているでしょう？」

「僕はね、高校時代、童貞だったからね。そんなこと、知らないよ。エッチな女子高生だった貴和子なら知っていたんでしょ」

一度動かすのを止めた。

「ああっ、やめないでェ……。こんなに気持ちがいいのに……」

「貴和子が教えてくれたら、すぐに再開するよ」

「ああっ、季之のバカぁ、変態……、ああっ、言えばいいんでしょ、言えばぁ……オマ×コよ。オマ×コ。だから、オマ×コをもっと気持ちよくしてぇ……」

「うふふ、遂に言ってくれたね。お姫様、仰せの通りにいたします……」

季之は貴和子の顔を見つめながら、トロトロの秘穴に今度は二本指を入れ、親指でクリトリスを転がしながら、激しく上下させる。

「ああっ、ダメッ、そ、そんなあ、き、き、気持ちがよすぎるぅ……」

女の腰ががくがくいう。蠢《うごめ》く無数の襞が、侵入者の指に嬉しげに食らいついて、奥に引きずり込んでいく感触だ。それに逆らうように指を捏ね回す。

「ああっ、ダメッ、イク、イク、イク、イッちゃうぅぅぅぅ……」

貴和子が大きく叫び声をあげて、身体を硬直させた。

貴和子が落ち着くまでに季之はズボンを脱ぎ捨てた。

「母校の制服姿の貴和子が、こんなしどけない姿で乱れてくれると、僕の興奮も止まらないよ」

こんもりと膨らんだボクサーブリーフを貴和子の目の前に突きつけた。おずおずと手を伸ばす貴和子。ブリーフの上から、その形を確認するように手を動かした。

「凄い、硬くて熱いわ……」

「凄く窮屈なんだ。貴和子が脱がせて、楽にしてよ」

立ち上がった季之の前に貴和子が正座する。

「ああっ、男の人のパンツ、下ろすの初めて……」

両手をゴムにかける。

「旦那や彼のパンツを脱がせたことないの？」

「うん、いつもみんな、自分で脱いでいた……」

　そう言いながら、下げていく。

「あっ！　……す、凄いっ」

　ブリーフが身体から離れた瞬間、男の肉棒が貴和子の前に振り下ろされる。それはあたかも剣道の竹刀が面を打つような鋭さだった。

「いいんだよ、しっかり見て、好きにして……」

　一瞬顔を背けた貴和子だったが、その言葉に背中を押されるように、両手で持ち上げるようにする。

「か、硬くて、大きい……」

　吐息交じりに言う。

「だって、貴和子があんなに乱れてくれたんだもの。興奮するのは当然だよ。僕のこのいきり立ったものを慰めてくれるよね」

「ああっ、どうしたらいいの？」

「じゃあ、ブラジャーとブラウスは脱いで、上はリボンだけ残すんだ。下半身はスカートとルーズソックスだけにしよう。その格好で、僕のおち×ちんを可愛がって」

　言われたように、裸にリボンとチェックのスカートだけを身に着けた美熟女は、手筒を作りながら、ゆっくり扱《しご》きだす。

「季之のモノって、こんなに硬くて、ゴツゴツしているんだ」

「そんなに凄いかな」

「うん。ほんとうにキノコみたいなおち×ちんなんだもの。こんなの見るの初めて……。これがあたしの中に入るかと思うと……」

「楽しみかい？」

「う、うん。まあね」

眼を潤ませながら、手指をゆっくり動かす。先端から透明の液が漏れ始める……。

「ああっ、何か出てきた」

「貴和子が上手に扱いてくれるから、気持ちいいって、チ×ポが言って出してくれているんだ。でも僕のチ×ポ、手だけじゃ詰まらないって言っているよ」

「うん、あたしも手だけじゃ詰まらない。舐めたくなっちゃった。おしゃぶりしてもいい？」

「もちろんだよ。是非、貴和子のフェラの技術を見せて欲しいな……」

「そんなに上手じゃないかもしれないけど……」

貴和子は亀頭の先端に舌を伸ばし、透明の液を舐めとった。

「あっ、貴和子っ……」

「あれ、あたし、変なことした？」

貴和子が口を外して尋ねてきた。

「ううん、違うよ。憧れの貴和子に、おチ×ポ咥えられて、感動しているんだ。貴和子、僕の顔とチ×ポを半分ずつ見ながら、おしゃぶりしてくれるかな」

「あたしも、憧れの季之のおち×ちんをフェラチオできると思うと、感動している。季之、頑張るから気持ちよくなってね」

再度、唇でカリを挟み込んだ貴和子は、季之に微笑みかけてから、おしゃぶりを開始した。確かに、舌の動かし方にぎこちなさはあるものの、その動きは愛情溢れるものだった。

柔らかな唇が幹を締め付けつつ、首を振って上下に擦られる。

「あっ、あああっ……、いいよぉっ」

熟女同級生の美唇は、予想以上の気持ちよさだった。フェラチオの経験はあまり多くないようなことを言っていたが、二人の相性がいいのか、裏筋に添《そ》えられた舌の感触が抜群だ。ちょっとざらついた舌の表面が小刻みに揺れ、口唇愛撫の快感が増幅される。

（凄いよ。気持ちよすぎる……）

貴和子は季之の顔を見上げながら、「んっ、んふっ……」と鼻から甘い息を漏らしつつ、熱心に砲身をおしゃぶりする。リボンひとつにチェックのスカートでご奉仕する熟女は、口許《くちもと》が歪んだ時に、昔の面影がよりはっきり見えることがあり、その表情に却《かえ》って劣情をかき立てられる。

（こんな美人だけど、十分にいやらしい。ああっ、こんな女だったんだ……）

顔の動きが少しずつダイナミックになっていく。その上下運動に伴《ともな》い、パフィーニップルが揺れ、倒錯的な淫靡さにあふれている。

（貴和子って、高校の時から、こんなにいやらしかったのかな……）

あの頃、貴和子の姿を想像して、自己発電に没頭していた。今の貴和子のこの姿をあの童貞時代の自分に見せたら、どんな反応が返ってくるだろう。

そんなことを想像しながら、美女の口唇愛撫をたっぷり楽しむ。

「季之のおち×ちん、口の中でまた膨れている。おしゃぶりがこんなに楽しいって思ったの、初めてだよ。いつまででもおしゃぶりを続けていたい……」

「僕も貴和子のおしゃぶりがこんなに気持ちがいいとは思わなかったよ。こんなに気持ちいいんだったら、もっと長くフェラチオされていたい」

「ああっ、嬉しい」

貴和子は「ジュルリ」と唾《つば》を飲み込むと、屹立を根元まで呑み込んだ。

貴和子は再び、一心不乱にフェラチオに集中している。ふっくらした美唇で竿を締め付けつつ、素早く頭を振り立てる。

「んむ……、んっ……、ムフン、んんんんっ……」

口内に溜められたたっぷりした唾が、肉柱表面にまんべんなく塗《まぶ》される。ジュルジュルと響く卑猥《ひわい》な音が、美女の淫蕩な表情と、実際しゃぶられている快感の三位一体になって、中年男の劣情をさらに刺激する。

慎《つつ》ましやかな上流婦人の姿をかなぐり捨てたおしゃぶりの激しさが、貴和子の悦びを強く感じさせる。

「ああっ、凄いぞ、貴和子ぉ、チ×ポが蕩けそうな気持ちよさだ……」

「蕩けちゃだめよぉ、あとであたしの中に入ってもらうんだから、もっと硬くして欲しい。そうなるようにフェラしているんだからぁ……」

口端から溢れる涎が光る筋になって顎まで伝わり、雫になって胸の谷間に落ちる。

貴和子は季之の股間の震えを感じながら、さらに快感を送り込む。頭を振りながら舌を回転させ、さらに顔を左右に倒し、あらゆる方向から、肉棒に刺激を与えていく。

「ああっ、最高だよ、貴和子。こんなにフェラチオが上手いなんて！　誰に仕込まれたんだ？」

季之は、貴和子の見事な口唇愛撫に、このように仕込んだ男に対する嫉妬心を覚えてしまう。

「ああっ、誰にも仕込まれていません。なんか、季之のおち×ちんをおしゃぶりしていると、どんどん美味しくなって、そのうえ、美味しいところを舐めなめしていると、ますます、季之が悦んでくれているの……」

確かにそうかもしれなかった。今日最初に口に肉棒を入れたときは何となくぎこちない感じがしたものだ。ところが、季之の受ける快感と貴和子の与える快感とが寸分たがわず一致していたのだろう。どんどん気持ちよさが加速されている。

「ああっ、貴和子っ、そんなにされたら、ヤバいよ」

「ウフフフ、そろそろ出したくなってきた？　お口に出すんだったら、受け止めてあげるわよ」

竿から口を離した貴和子は、上目遣いで受け口になり、婀娜っぽく笑った。もちろん、その間も手指での刺激は止まらない。

「で、でもそれはまずいでしょ……」

「何が、何がまずいの！　だって、季之はフェラがこんなに楽しいものだって教えてくれたんだよ。あたしとしては、季之の出すものをお口で味わって、フェラの最高の悦びを感じてみたいの……」

貴和子がほんとうに自分のことを思っていることを知って、季之は胸がいっぱいになる。高校生の時からの思いが、口をついて出た。

「ああっ、ぼ、僕は、貴和子をずっと僕一人のものにしたかった。これからは、僕一人の貴和子になって欲しい」

貴和子は実質家庭内別居状態とはいえ、人妻である。かつ、貴和子が今の夫と離婚する気がないことも知っている。しかし、季之は告白せざるを得なかった。

それに対して、貴和子は顔を赤らめながら答えた。

「あたしの気持ちはもう、季之にしかないの。もう、これからは季之専用の女でいたいの。あたしのお口も、おっぱいも、オマ×コも全部季之のもの。いつだって、好きに使っていいわ。あたしは季之が求めてくれるなら、いつだってＯＫよ」

「僕専用の女……、だ、旦那さんは……？」

季之は野暮と思いながらも、おずおずと訊いた。

「あいつは、あたしなんかにもう興味ないし、また、仮に要求されたって、婉曲に断るから……、だからあたしは、季之専用の女なの……」

昔から憧れていた美少女が、こんなグラマラス美熟女に変身して、自分だけの女になってくれると言っているのだ。季之は天にも昇る気持ちになる。

すでに最高の反りになっていたと思った肉刀が、へそにつかんばかりに角度をあげる。

「じゃあ、貴和子のお口で搾《しぼ》り取ってくれるんだね」

「はい、貴和子がお口で搾り取りますから、好きなだけ、あたしのお口に注ぎ込んでください」

屹立ぶりに目を細めた貴和子は、さらなる奉仕をすべく、またすっぽりと肉茎を咥えた。右手と口の両方を駆使して、激しくしゃぶり、刺激を加える。

「むふっ、ジュルジュル、んむっ、ジュルッ、レロレロレロ……」

舌遣いの音が、季之の興奮をさらに際立たせる。

もう、貴和子に羞恥心《しゅうちしん》のかけらも見えなかった。鋼《はがね》のごとき硬さと堂々たる太さが熟女から慎みを奪い、肉欲だけの存在に変えていく。

長竿の先端は喉奥を突き、えずきそうになるのを、涙をこぼしながらも必死になって堪《こら》え、その刺激は、さらに女体を燃え上がらせている。

いつの間にか、貴和子は左手をスカートの中に入れていた。無意識のうちに女芯を弄りながら、口唇愛撫を続けている。

「あれっ、オナニーしている？」

指摘されて、自分がどれだけ恥ずかしいことをしていたか気づいたようだ。

「ああ、ご、ごめんなさい。おしゃぶりしていたら、凄く気持ちよくなっちゃって、クリも撫でたくなったんだと思うの……」

「シックスナインでお互いに感じあおうか？」

「ううん。いい。今はあたしに好きにご奉仕させて」

今度は堂々と、オナニーをしながらの口唇愛撫となる。

「ああっ、フェラチオしながら、クリを弄るってこんなに気持ちがいいなんて……」

亀頭への啄みを続けながらつぶやく。

「でも、僕へのご奉仕も忘れないでくれよ。タマタマへはキッスしてくれないのかな？」

その言葉を聞いたとたん、美熟女は口から肉棒を吐き出し、大きく持ち上げると、きゅっとつり上がっている陰嚢《いんのう》に舌を這わせた。しこしこと肉茎の根元を扱きつつ、ピンク色の舌を自在に操って、左右の睾丸をぺろぺろと愛おしげに舐めまわす。

「ああっ、季之のタマタマ、ずっしりと重くて、牡《おす》の匂いがして……興奮するぅっ」

スカートの中の指使いもさらに激しくなっているようだ。

「ああっ、気持ちいいよっ、貴和子！」

「本当に気持ちよさそうな顔をしているね、季之。あたしも気持ちいいっ！」

季之は下半身が蕩けそうな気持ちよさは持続していたが、そろそろ限界だった。

「ほんとうにお口に出させてくれるんだな」

「うん。任せて。あたしのお口だったら、いつでも遠慮しなくて大丈夫よ。思いっきり出してね」

微笑んだ貴和子は、フィニッシュに導くようにおしゃぶりを再開させた。じゅるじゅると破廉恥な摩擦音が鳴り響き、自分の秘豆を擦る指にも力を込める。

「ムフッ、ムフッ、ジュル、ジュル、ンフ、ンフッ、ンンンンンッ……」

「おおっ。貴和子ぉ、貴和子ぉ……」

季之は、同級生熟女の頭を両手で押さえ、眉根を寄せた。腰にグイと力が籠る。

射精へ導こうと、貴和子は竿を扱きつつ、一心不乱に頭を振り、口唇と舌で締め付けを繰り返す。自らの手指刺激も己自身を官能の極みに追い込んでいく。

季之の射精感がマックスに達した。

「貴和子、出すぞ……、ああっ、出るぅ……」

貴和子が再度口唇を密着させ、季之が前屈みになった瞬間、大きく肉棒が波打った。

「ムフッ、んんんんっ」

脈動に合わせて、二度、三度と美女の口の中にザーメンが放出される。貴和子は亀頭を吸い上げながら、それを喉の奥で受け止める。貴和子のスカートの中の手もクライマックスだった。貴和子の牝《めす》の本能が活《い》きのよい牡汁に反応して活性化する。全身の細胞が湧きたち、子宮の疼《うず》きが最高潮を迎え、自分自身も法悦の彼方に舞い上がっていた。

二人は絶頂のあと、そのまま固まっていた。ただ、最後の名残のように、肉棒がぴくぴくと震え、残った精液を貴和子が吸い出していただけだ。

やがて、ようやく二人の動きが止まった。

「す、凄いわっ、精液ってこんなにドロドロしているものだったの？　喉に貼りつきそう……。ああっ、季之の匂いが口の中で広がるぅ……」

貴和子は口を開けると、中に出された白濁液《はくだくえき》を舌にのせて見せてくれた。

「おい、大丈夫か。はい、ティッシュ」

季之は大量の精液を受け止めた同級生を見ると、おろおろしながら、吐き出すためのティッシュを差し出したが、貴和子は静かに首を横に振ると、ごくんと呑み込んだ。

「うふふ。ごちそうさま。季之の精液、本当に美味しかったわ。こんな美味しいものの、吐き出すなんてありえないわ」

欲望のしるしを全部嚥下《えんげ》した貴和子がぺろりと唇を舐めて微笑んだ。

必死で立ち続けていた季之は、遂に腰砕けのようになって、ソファーに崩れ落ちた。

「貴和子のフェラ、最高だったよ。おち×ちんが吸い込まれると思ったよ。ところで、どうだった、口中発射は？」

「あたし、お口の中に出されたの、初めてだったけど、本当に大変だよね。でも、季之の精液だったら、いつでも呑める。いつでも呑みたいと思ったよ。また今度フェラをした時も呑ませて頂戴《ちょうだい》ね」

淫蕩な表情で微笑んだ美熟女は、少女の時の面影と美熟女の落ち着きと相俟って、最高の美しさだった。

3

二人はシャワーを浴び、部屋に戻った。

「今日はずっと、さっきの恰好でいてもらえるかな。ルーズソックスは履かなくてもいいから……」

「さっきの恰好というと、上半身はリボンをつけて、下半身はスカートだけでノーパンということ？」

「うん、いいだろう？」

季之はねだるように頼んだ。

「ウフフフ、分かったわ。でもその代わり、季之も今日、あたしが帰り支度するまで、シャツは着ても、ズボンもパンツも穿《は》いちゃダメだからね」

貴和子がすぐさま答えた。

「貴和子って本当はエッチだったんだね」

「季之といるときだけだよ……。きみの前では、あたし、弾けたくなっちゃうの」

二人は思いっきり抱き合った。

もう昼食時だった。貴和子はエッチな制服姿にエプロンだけ着けて、季之のために昼食を作ってくれる。季之も下半身丸出しのまま手伝う。

まな板を使う貴和子のスカートをめくり、尻肉に手を伸ばす。

「これ、包丁使っているんだから、ちょっと待ってよ」

「あはは、そう言わずに、お尻振って見せてよ」

「いやあねえ。ほんとうに中年男はスケベなんだから……」

そう言いながらも、貴和子はリクエストに応えてくれる。

食事を作る際も、食事中も二人はイチャイチャし続けていた。出来上がった炒飯をお互いの口に入れる食べさせっこもした。高校時代、付き合えなかった二人は、まるでその時に戻ったように楽しんだ。

その間、季之の逸物は常に直立していたし、貴和子の秘苑も常時潤みっぱなしだ。

しかし、それ以上は、食事の後のことと決めていた。

食事の後片付けが終わると、貴和子が顔を赤らめながら尋ねた。

「そろそろ完全復活した？」

「さっきから、完全復活しているよ」

季之は間髪入れず答える。

「じゃあ……」

「うん」

二人はお互いを見つめあうとベッドに移動する。季之はシャツを脱ぎ捨て、全裸になった。

「あたしも全部脱ごうか？」

「ううん、いいよ。そのままで抱かれて。やっぱり制服の一部が残っている方が、昔の貴和子のことを思い出せそうだから……」

二人はベッドに腰を下ろすとまたキスをした。もう、最初からディープキスだ。しばらくお互いの口の中をお互いの舌で弄りあった。鼻息がお互いの頬に当たり、二人の興奮がどんどん高めあっていることが分かる。

「貴和子の全てを見せて……」

「うん。全部中までよく見て」

季之はさっきから貴和子のヌードは堪能していたし、陰唇を指で愛撫もしていたが、女の中心は敢えて見ていなかった。これからそこをたっぷり視姦し、指と口でたっぷり愛撫してから結合するつもりだ。

貴和子はベッドに仰向けになり、足をM字に開いた。制服のスカートがずり上がり、女の中心が丸見えになる。陰唇をしっかり広げ、身じろぎしない。むっちりとした白い太股の奥に、すっかり潤った陰部が季之の目の前に広がった。

「高校生の時に見て欲しかった……」

季之は声もなく凝視する。

「もう、子供も産んじゃったし、若い人みたいにきれいじゃないでしょ？」

貴和子は無言の季之に不安を感じたのか、早口で言った。

「いや……っ、とってもきれいだよ」

季之は明かされた聖域をじっと見つめ、感心したように答えた。

支店長夫人の秘苑は、全体がびっしょりと透明な粘液に覆われ、妖しく息づいていた。

柔らかな黒い叢はそんなに広くはなく、二枚の花弁はさっきの手触りと同様に肉厚で、深みのあるローズピンクが女盛りを示している。

「ああっ、遂に季之に見られている……。ほんとうに綺麗？」

「もちろんだよ。こんなに素敵なオマ×コ、見たことないよ」

「ああっ、年増を悦ばす殺し文句、言っている！」

「いや、そんなつもりはないよ。ほんとうに心底そう思っている。貴和子のここをみられて、最高の気分だよ」

貴和子は季之のギラギラした視線を感じるのか、腰のあたりをゆらゆら揺らす。羞恥心が女体全体を赤く染めているが、それ以上に、季之の眼にしっかり焼き付けて欲しいという気持ちが勝っているのだろう。

「貴和子の指で陰唇を開いて、中の粘膜を見せてくれるかな……」

「ああっ、どうしてそういう恥ずかしいことをお願いするのかな……？」

「恥ずかしくなんかないさ。貴和子の一番大切なところだから、しっかり見たいんだ」

「あああっ……」

貴和子はおずおずと右手を秘部まで持っていく。二本の指で陰唇を割り開き、ぬらぬらと滑光るピンクの媚肉《びにく》を見せつける。

「どうぞ、ご覧になって……」

「うん、奥まで綺麗だよ。舐めてもいいかい」

「ああん、たっぷり舐めて……」

季之は、同級生の股間に頭を入れ、大きく息を吸い込んだ。

「ああっ、匂いも最高だよ。淫乱女の匂いがする」

「ああん、そんなことない。あたし淫乱なんかじゃないもの」

「でも発情はしているよね」

「ああっ、だって、季之にエッチなことをされていると思うと、気持ちが昂ってどうしようもないの……」

「それはとても嬉しいよ。僕のためにこんなに素敵なエッチな匂いをさせてくれるんだと思うと……。ああっ、頭がくらくらしそう」

季之は思いっきり貴和子の発情臭を吸い込む。

「匂いを嗅がないで。ああっ、恥ずかしすぎるぅ……」

「それじゃあ、お味も確認するね……」

「ああっ、それも堪忍《かんにん》して欲しい……」

「でも、舐めては欲しいんだよね」

「ああっ、だって……」

くねくね揺らす股間に向けて、季之が右手を伸ばし、貴和子に代わって肉弁を広げると、その生肉から溢れ出ている透明な粘液に舌を伸ばす。

「ああん」

貴和子は直ぐに甘いよがり声をあげ、悩ましく腰をひくひく揺らした。

「ああん、季之に舐められている……、ああっ、やっぱり恥ずかしい」

そう言いながらも貴和子は足を閉じようとしなかった。むしろ季之を全て受け入れようと思ったのか、両手を頭の後ろに廻し、枕を握りしめて、自分の覚悟を示した。

貴和子の気持ちを感じて、季之は火照り切った蜜肉をしっかりした舌遣いで舐めまわし、表面を覆っている蜜液を拭い取った。さらには女穴の中に舌を差し入れ、膣内に溜まった愛液を啜り上げる。

「ああっ、季之……」

貴和子は背筋を震わせて、クンニを受ける快感を示す。季之は元クラスメートの反応に気をよくして、より熱烈に口唇を遣う。

「貴和子、最高のラブジュースだよ。貴和子の僕に対する思いが、甘い味になって、僕の口の中に入ってくる」

「本当？」

「本当だよ。こんなに美味しく感じられるのは、貴和子のラブジュースだからだよ」

「ああっ、季之がそう言ってくれると、ああっ、嬉しい……」

季之は、貴和子の悦びに、ますます張り切って口を使った。膣内に舌を挿入し、上のざらつく部分を探し出した。

（ここって、ひょっとすると、Ｇスポット……？）

季之も長い人生の中、いろいろな女性と経験があったが、Ｇスポットを見つけた経験はまだなかった。半信半疑で、そこを舌先で擽る。

「ああっ、そこはっ、ああっ、変になるぅ……っ」

その瞬間、美熟女は活きのよい魚のように、豊腰がグッと持ち上がった。季之の口の中に今までとは比較にならないくらい、大量の液体が注がれる。

「ああん、ダメッ、ああっ、そこぉ……、ああっ、気持ちいい……、ああっ、ダメえっ……」

貴和子は崩壊を感じさせる声で叫び、背中がアーチを描く。

(間違いなくGスポットだ。潮《しお》を吹く代わりに僕の口の中に注がれているんだ)

季之はその水のような液体を啜りながら、手を緩めることなく、スイートスポットをさらに刺激していく。

「お、お願い。そこをそんなにされたら、狂ってしまうぅ。一度休ませてぇ」

「分かったよ。その代わり、こっちを可愛がってあげる」

季之は引き抜いた舌先で、それまではほとんど刺激していなかった秘豆を擽った。

「ああっ、そっちもダメぇ……っ」

季之は敢えて秘豆を避けてクンニを行ってきていたが、膣内の興奮でここもすっかり敏感になっていた。快感は電波のように女体に伝わり、ピクンと腰を跳ね上げる。

「貴和子はクリを擽られるのは嫌い……?」

「き、嫌いじゃないけど……、ああっ、気持ちよすぎて、ダメになりそう……」

「いいよっ、僕は貴和子がもっとダメになるところを見たいんだ」

そう言いながら、季之は秘豆をチロチロと舐めまわす。

「ああっ、そ、そんなに……、ふうっ……、ダメーッ……、そんなに舐めたら……」

力いっぱい枕を握りしめ、腰を突きあげたまま身悶える。

M字に広げられた太股の内側がピンと引き攣り、足先がきゅっと曲がった。形のいいヒップは断続的にわななき、顔を左右に振るのに合わせるように、Gカップの巨乳が大きく揺れた。

さっきから立ち上っていた発情臭が強まり、熟女の色気は季之をさらに興奮させる。

「貴和子のクリトリス。なんてエッチなんだろう。見るからに虐《いじ》めて欲しいって言っているんだもの……。反応も凄くいいし……」

唇で突起をつまむと、引っ張りまわした。

「あっ、バカあ……っ、あっ、ダメっ、強すぎるぅ……。ああっ、おかしくなる……」

「バカあじゃないでしょ。気持ちいい、でしょ」

余裕の季之は右手の中指を蜜壺に刺して曲げ、秘豆を舐めながら、指の腹でさっき見つけたばかりのGスポットを刺激する。

「ああああああっ……」

脳天まで突き抜けるような快美の電流に、貴和子は大きくのけ反った。セレブ夫人が見せる本能の痴態に季之は大いに満足して、性感帯の同時攻めを開始する。

「ああっ、季之ィ……っ、お願いだから待ってっ……、両方一緒になんて……」

眼も眩むような快感の嵐に、熟女同級生は、切羽詰まった声で待ったをかける。

「待たないよ。感じている貴和子、凄く綺麗だし、とっても色っぽいから……、遠慮しないでもっと乱れて欲しい」

言うなり、しこり切った牝芯へのキスを続ける。膣内の指も中指だけから二本刺しに変え、交互に動かしながら、快楽の源泉を執拗《しつよう》に弄っていく。

「はあああああっ、ダメぇ……っ」

貴和子は本能的に逃れようとするが、既にベッドガードまで達しており、逃げられない。

「イクぅ、イクッ、イクッ、イクの……、ああっ、ダメーッ」

貴和子のアクメの爆発は連続的だった。白い太股の絶頂特有の痙攣が止まらない。

「フフフフ。それでいいんだ。もっと気持ちよくなってくれっ……」

季之はまだ二所攻めを止めない。止めどもなく白濁した愛液を垂れ流す牝穴を指で弄りつつ、小豆《あずき》ほどに肥大した淫豆を舌先で刺激し続ける。

「あぁっ、あっ、あっ、あああーっ、あっ、ああっ、あっ、あっ、あっ……」

アクメの連続的爆発が続く女体は、二重、三重の快楽の波が絶え間なく襲い掛かる。貴和子はたまらず、宙に浮かした両足を季之の首の後ろで組み合わせ、ブリッジのように背中を反らせて、快感の甲高い喘《あえ》ぎを部屋中に響かせた。

(もうそろそろいいかな……)

女体への攻勢を一度止めた季之は、肉根と女穴の位置を確認する。

貴和子は、スカートまでもうすっかりびしょ濡れだ。まとわりつくスカートを再度たくし上げると、季之は逸物をぐっとあてがった。

「遂に貴和子と繋がれるよ」

「ああっ、来てっ！」

カチカチの亀頭をヌルヌルの蜜壺めがけて一気に突き出していく。すっかり潤み切った女陰は鋼鉄のような怒張を沈めるに十分柔らかかった。侵入した亀頭は直ぐに肉襞に包まれ、自らの推進力と、肉襞の中に引き込もうとする力が相俟って中に送り込まれていく。

「おおっ、締め付けが凄いよっ」

肉襞は十分に柔らかかったが、肉根が中に押し込まれると、周囲全体から圧力がみっちりかけられ、その気持ちよさは半端ない。

「だ、だって、凄いのっ、ああっ、季之のものが大きくて、硬いからっ……」

「ああっ、本当に気持ちいいよ。貴和子のオマ×コがこんなに気持ちいいとは、ああっ、予想以上だったよ」

「ああっ、そう言って貰えて、嬉しいっ。あたしも気持ちいいっ」

「じゃあ、そろそろ一番奥まで行くね」

「ああっ、うん、奥まで突いてっ！」

その言葉に季之は一気に奥まで突き進む。子宮口を押しつぶすところまでみっちり入り込んだ。

「貴和子、これが、僕のおち×ちんが、貴和子のオマ×コの一番奥に入った状態だよ。どんな感じだい……？」

「こ、こんな感じ、は、初めて……。凄くたくましくて、奥までみっちり広げているっ」

「それって、僕のが大きいってこと？」

「ほんとうに大きいの。そして硬いの。おち×ちんがドクドク言っているのが分かるの……、す、凄い……」

貴和子の声が震えていた。足の付け根の筋肉も引き攣っている。それだけ、驚きと快感が凄いのだろう。

「フェラしたり、手コキしたりしたときから、僕のものが大きくて硬いことは分かっていたでしょ？」

「分かっていたけど、ここに入れられて、その凄さが本当に実感できたというか……」

「そうなんだ。経験できてよかったね」

「本当にそうなの。今、最高に気持ちいいんだもの……」

「じゃあ、動かしてみようか……。いや、やめよう。それよりさ、貴和子が上になってみない？　騎乗位っていうやつ……」

「えっ、そんなの、やったことない……」

「嘘つけ！」

「一度もないって言ったら、嘘だけど、結婚してからはほんとうにないわ」

「旦那としない体位だったら、是非やって欲しいね」

季之はそう言うと、早速肉棒を抜き去った。

「ああっ、行かないで……っ」

「欲しかったら、自分から入れなよ」

季之は貴和子を押し出すようにして、自ら仰向けになった。

諦めたように身体を起こす貴和子。

「あーあっ、スカートがどろどろ」

「洗濯するよ。乾燥機に掛けたら、帰りまでには乾くよ」

季之は直ぐに貴和子からスカートを剥ぎ取ると、洗濯機に放り込んでスイッチを入れた。

戻るなり、再度仰向けになる。

「貴和子、さあ、自分から入れるんだ」

「もう季之ったら……」

同級生の腰を跨いで膝立ちになる。逸物を摘《つ》まむと上向きにした。

「ああっ、カチンカチン……」

目を潤ませた美熟女は、狙いを定めて腰を落としていく。

「ああっ、貴和子っ」

切っ先に花弁が触れると、感極まったように季之が叫んだ。

「ああっ、入ってくるぅ。季之のおち×ちんが……」

怒張が突き上げるように女壺に収まり、肉襞が広がって肉柱を包み込んでいく。

「最高に気持ちいいよっ、貴和子」

見上げると、下乳のやや垂れ下がった巨乳が、細やかに揺れている。肉襞が送り込んでくる快楽を味わいながら、パフィーニップルの巨乳を見上げるのは、この上ない悦楽だ。

「ああっ、中が凄いの。下から突きあげられるのって、ほんとうに凄いのね。ああっ、知らなかった」

両手をベッドにつき、何とか身体を支えている。

「自分で動いて、一番気持ちいいところを探してみるんだ」

「そ、そんなの無理っ」

「いや、やるんだ。僕の彼女なんだから、それはやってよ。僕がおっぱい持って支えてあげるから……」

季之は下から手を伸ばして、美巨乳をむんずとつかんだ。

「ほら、おっぱいで支えているから……」

「あああっ……」

貴和子は眼を瞑った。眉間に皺を寄せて、何とか季之の指示に従おうと、緩やかに腰を動かし始める。丸い美臀が弧を描くように動き始める。乳房を引き攣らせないように心掛けながら、少しずつ激しさを増していく。

「おおっ、貴和子、上手ぃよ。凄いぞぉ……」

腰の動きに合わせて、肉茎を包み込む肉襞が適度に擦れて、最高に気持ちがいい。

「僕が手を離した方が大胆にできるな。頑張って腰を振るんだ！」

「あぁっ、無理よぉ」

しかし、季之が乳房から手を離すと、腰のダンスがより淫靡極まりないものに変化する。動きがどんどんダイナミックになり、膝と腰を使いながら、さらに大胆に上下に運動する。白い巨乳が上下にゆっさゆっさと重たげに揺れた。

「おおっ、貴和子ぉ、ほんとうに感じるぅ。ああっ、気持ちいいよぉ。貴和子に動いてもらった方がイケそうだよ」

「ほ、ほんとうに？……」

「本当だよ」

季之の賛辞にますますその気になったのか、エロティックに振られる腰の動きがますます艶《なま》めかしくなる。

「あぁっ、あたしも子宮が熱くなってきたの。子宮がこんな感じに気持ちよくなれるなんて、ああっ、知らなかったぁ……」

「それはよかったな。遠慮なく、もっと気持ちよくなるんだ！」

「ああんッ、ダメッ！」

季之は下から腰を突き上げる。既にむっちりと収まった亀頭が子宮口にめり込みそうな勢いで突き上がり、新たな快美を得た美熟女はたまらなくなって、身体を前に崩れ落とした。

季之は落ちてきた女体を受け止めると、キスを求めた。

「ああっ、こんな格好でされながらキスするなんて……」

貴和子は艶めかしい声を出す。

「キス嫌か？」

「ううん、嬉しいの」

「そうだろう、オマ×コでチ×ポ感じながら、キスで男の唾液を呑むことが女として最高の快楽なんだ！」

「そうなのね。あたし、そんなこと、これまで知らなかった……」

貴和子はそれなりに経験があるようなことを言っているが、どうも身体の動きやセックスの行為を見ていると、本物の性の楽しみを覚えてこなかったような気がしてならない。

あんなに人気者で、校内一のアイドルだったのに、性の悦びを教えてくれる恋人とこれまで出会わなかったとは、なんと気の毒なことだろう。

今日、自分がそこをすっかり開発してやりたい。そんな気持ちで季之は舌を動かし、腰を使った。

騎乗位が潰れたまま抱きつき、貴和子は本能的に、より快感を求めるように腰を動かしていた。それに合わせるように、季之も腰を使った。

「ああっ、ああっ、腰の周りが熱くなってきた。中がゴリゴリ擦れてたまらないの。クリトリスも、ああっ、擦られるぅ……」

「気持ちいいんだね！」

上ずった声が、貴和子の快感を示していた。

「うん。セックスがこんなに気持ちいいものだなんて……」

貴和子が思いがけない感想を漏らしてくれたことで、貴和子の過去の貧しい性生活に確信を持った季之は、さらに貴和子が愛を感じられる体位に誘い込んだ。

季之は身体を起こし、胡坐《あぐら》の中にすっぽりと貴和子を置く。対面座位だった。

二人は身体を抱きしめあったままキスをし、腰を使う。

腰の動きに連動して、乳房が擦れ、ぎゅっと密着している季之の胸の上で、乳房が変形する。その感触に季之は感動する。

「ああっ、この体位好き。季之に愛されている気持ちに凄くなれるし、オマ×コもとっても気持ちいいの」

貴和子は卑語を口に出すのに全く躊躇しなくなっている。

「僕も動くけど、貴和子も遠慮しないで動いていいんだよ」

「うん」と答えた貴和子はさっきよりも激しく腰を振り始めた。

「ああっ、気持ちいいっ、季之が最高なの！　何でこんなに……」

貴和子は、半泣きになりながらも腰の動きを止めなかった。

「おおっ、凄いぞ、貴和子のエッチな穴、気持ちよすぎるぅ……」

「それは、季之だからなの。あたしと季之、ぴったりの相性なのよ……」

貴和子は腰を激しく振り続けたまま、キスを求めてきた。

上手い具合に密着すると、腰が激しく動いているにもかかわらず、二人の舌は蛇のごとく絡み合い、二人は二箇所でひとつになった。

さらに季之は、美女の巨乳をがっちり揉み込みながら、腰を使う。

「おっぱいもエッチだ。手触りが最高だよ」

「ああっ、全てが気持ちいい。あたし、季之とひとつになれて、ほんとうによかった！」

「僕もだよ！」

同級生は、今や身体のあらゆるところが性感帯に変化している様子だった。どこからも発情ホルモンが漂ってくる様子に、季之の興奮も最高に達する。

(ああっ、この匂いがたまらない！)

あまりの興奮に、自分の身体の制御が上手くいかない。

季之は逸物を突き上げ、子宮口を突破するような勢いで、ぐいぐい押し込んでしまう。

「うふーん、ああっ、中がぁ……」

貴和子の快感にも限界がないようだ。男はその女を追い込むように、最奥でねっとりと擦っていく。

「季之ぃ、凄すぎるぅ……」

「貴和子っ、もっと感じていいぞ！　二十年の思いを込めて、もっと気持ちよくなるんだ！　俺のチ×ポで滅茶苦茶になるまでよがれっ！」

季之は必死だった。童貞でなくなって二十年、今一番のセックスをしている。そう思いながら腰を廻し続ける。腰全体が密着しているため、膣奥だけでなく、恥骨がクリトリスを擦り上げ、貴和子に狂わんばかりの快感を送り続けていた。

「死にそうに気持ちいいのぉ……っ、ああっ、どうすればいいのっ！」

「どうもしなくていいさ！　気持ちよさを味わい尽くすんだ！」

「ああっ、激しすぎてぇ、感じすぎるぅ。季之のチ×ポが凄すぎるのぉ……っ」

落ち着いたマダム声が完全に失われて、舌足らずな声で叫ぶ。

季之は手加減をしない。このまま突っ走って、貴和子を天国に送ってから、自分もイクつもりだ。

さっきから断続的に続く射精感が、もう我慢の限界に近付いてきた。

「ああっ、僕、もうそろそろ限界だよ」

「あ、あたしは、ずっとさっきからイキっぱなしで……、限界をこえてますぅ……」

貴和子はよがり声をこらえるようにして、やっとそれだけ伝えてきた。

「中に出してもいいかっ」

いまさら避妊具をつけたくなかった。

「あ、あたしを愛してくれているなら……」

「そんな、もちろんだよ。貴和子。高校入学の時からずっと好きだったよぉ！　愛しているよぉ！」

「あたしも、季之のこと、大好きぃ！」

お互いの愛の叫びが、心を浮き立たせ、最高の高みへ至っていた。

「ああっ、もうダメっ、イッちゃうううう……」

「貴和子、出るよ。我慢できない！」

みっちり詰まった肉棒がさらに太くなり、尿管を白い粘液が勢いよく通過した。次の瞬間、それは蕩け切った膣内で迸り、子宮口を白く染めた。

美熟女にとってもその引き金が崩壊の引き金だった。

膣が痙攣を起こし、太竿をきりきりと絞め、最高のオーガズムを感じながら、貴和子は奈落の下に落ちていった。

第四章　よがり啼く巨乳ママ

1

十年間家業一筋で、完全に素人童貞状態だった季之が、この二箇月間で三人の美女と関係を持ってしまった。それは艶福な話で結構なことではあるのだが、昔ながらの商店街で商売をしている季之にとっては、ただ『結構なこと』では決してなかった。

お互いが近すぎるのだ。

最近は全国チェーンの居酒屋や量販店も入ってては来ているが、それでも半分弱は昔から石上商店街で商売をしていた面々で、顔見知りも多い。スキャンダラスな噂が商店街内で伝播《でんぱ》するスピードは昔と変わらない。

また女同士の関係も遠くない。

涼子と貴和子は、涼子の主宰するフラワーアレンジメント教室の講師と生徒の関係で、月に二回は顔を合わせている。

理沙はそもそも「ＳＡＷＡ」のアルバイト店員で、女主人佐和の友達である涼子とは顔見知りだ。

しかし、女たちはそんな事情を知ってか知らでか、季之を誘うのに躊躇がない。季之とのセックスは、三人の女全員が満足していて、とにかく暇さえあれば誘ってくるのだ。

「仕事が忙しくて予定が立たない」

そう言って、二回に一回は断っているのだが、そもそもこの三人とは性の相性が抜群で、誘われると心がときめいて、誘いに乗りたくなってしまうのは仕方がない。

三つ股をかけるのは、倫理的に好ましくないし、仕事にも支障をきたしそうで恐ろしいのだが、否応なしにこの関係が続いている。

ありがたいのは、女たちがどうも『自分だけが季之のパートナーだ』と思ってくれていることだ。しかし、この関係がお互いにバレるのは時間の問題だろう。

その時の修羅場は想像するだけでも恐ろしい。

（やっぱり嫁を貰わなくてはだめだな……）

本当はこの三人の誰かと結婚できればいいのだが、涼子からは季之さんとは結婚する気がないとしっかり釘が刺されているし、貴和子は離婚して季之と再婚する気がない。まさか、今女子大生の理沙にプロポーズする訳にはいかないだろう。

こうなると、自分がほかの誰かと結婚して、それを機に三人とは清算する。それが一番よさそうな解決策だ。

もちろん結婚相手も入った四つ巴になれば、その修羅場の凄さは、三つ股以上になることは火を見るよりも明らかなのだが、季之はそこまでは思い至っていない。

結婚相手として、今想定できているのは佐和一人だ。

（頑張って、佐和をデートに誘うしかないかな）

佐和の店には、毎日昼食に通って、いつもカウンターで佐和と話をしながら食べている。佐和の人柄はかなり分かっているつもりだ。彼女なら、自分と一緒になって花屋の仕事もやってくれるだろう。

その日、季之はランチサービスが終わる二時直前に店に出向いた。

「佐和さん、日替わりランチ、まだ大丈夫ですか」

「大丈夫よ、季之さんの分は別にしてあるから……」

佐和の店は喫茶店で、ランチメニューは日替わりランチ一品だけなのだが、季之は欠かさず来るので、わざわざ取り置いてくれるのだ。

季之がカウンターに腰を下ろして注文すると、最後まで残っていた客が出て行った。

「理沙ちゃんは？」

「今日は、あの子お休み」

「一人で大変だね」

「その代わり今日は手抜きランチだから、我慢してね」

そう言いながら、業務用のレトルトのハンバーグを茹《ゆ》で始める。

「さあ、召し上がれ」

料理を出してくれると、季之の前で洗い物を始める。

（やっぱり美人だよな……）

派手さを全く感じさせないが、極めて整った顔立ち。清潔感があふれている。体格も中肉中背で、普段着ているものもカラーブラウスに膝丈のスカート、その上にエプロンという格好だからあまり目立たないが、実際はかなり素晴らしいプロポーションの持ち主だ。

季之は、佐和の働きの手際のよさに見とれて、箸《はし》が止まっている。

「あれ、どうかしましたか。変なものでも入っていました？」

佐和は自分を見つめる季之の様子に気づき、訝《いぶか》しげに尋ねた。

「いや、そんなことないです」

見とがめられた季之は高校生のようにご飯をかっ込んだ。

食事が終わり、サービスのコーヒーが出てくる。

他のお客さんが来てからでは言えなくなる。

心臓をドキドキさせながら、季之は、佐和に声をかける。

（今言うしかないよな……）

「さ、佐和さん」

「はい、何でしょう」

季之の声が緊張で上ずっている。

「こ、今度、映画か、何かにお付き合いして貰えないでしょうか？」

佐和の顔を見ないようにして一気に言った。

「うふふ。はい、喜んで……」

「やっぱり駄目でしょうかね……。えっ、えっ、いいんですか？　本当なんですね。で、では是非、よろしくお願いします」

断られることを覚悟のうえで思い切って誘ってみたら、佐和はあっさりとＯＫしてくれた。

（わぉーっ）

中年男は心の中で、高校生のような雄叫《おたけ》びを上げた。

初デートは、佐和の希望で、「ＳＡＷＡ」がお休みの日曜日、ドライブしながらピクニックに行くことになった。車は佐和がミニバンを出してくれるというし、お弁当も作って持ってきてくれるという。

至れり尽くせりの初デートになってしまった。

そして当日、迎えに来た佐和の姿に驚いた。ジーンズの上下にスニーカーというスタイルは、いつものお淑やかな佐和とは感じが違って新鮮だ。足が長いことがよく分かる。その上、服の関係なのか普段よりも胸が強調されており、その巨乳ぶりに目が眩む。Ｈカップの理沙ほどではないにしろ、貴和子のＧカップとはよい勝負かもしれない。

季之は、もちろん、そんなエッチな気持ちはおくびにも出さない。

佐和は自分からドライブを言い出しただけあって、運転は見事だった。行先は隣の県の大きな自然公園だ。渋滞に巻き込まれることもなく、あっという間に到着する。

駐車場は適度に混んでいたが、広い公園内は人影がまばらだ。お花畑が見事だ。今の時期、ヒガンバナやキクがちょうど見ごろだし、コスモスも咲き始めている。

季之と佐和はお花畑の間の遊歩道を、手をつないで歩いた。

佐和の手は全体的に華奢だが、指は長い。ちょっとだけ汗ばんでいて、その冷たさに佐和と手をつないでいる実感がある。

「男の人とこうやって手をつないで歩くのって、ほんとうに久しぶり……」

「僕もそうですよ」

「こうやって歩くと、中年者の夫婦にしか見えないでしょうね……」

季之がドキドキさせられるようなことを、サラッと言う。

佐和とこうしていると、うきうきする部分とほっとする部分が両方あって楽しい。お弁当も美味しかった。おにぎりと煮物、玉子焼き、鳥のから揚げなど。普段の「SAWA」の日替わりランチは洋食なので、和食は佐和の別な一面を見るようで嬉しかった。

とにかく、二人は気が合うのだ。お互いのちょっとした気持ちの通い合いが感じられて気分がいい。

SAWAで客の相手をしている佐和と、今日のプライベートの佐和の両方を見て、季之は『ほんとうに嫁に来てくれるのであれば、やっぱり佐和さんしかいないよな……』と、勝手な願望に胸をときめかした。

(言うなら、さっさと言った方がいいよな……)

今日中にプロポーズをするつもりでチャンスを狙った。しかし、言おうと思うとなかなか言い出せない。いつの間にか帰る時間になってしまった。

帰宅のために車に乗る。

(今、言うしかない)

季之は覚悟を決めた。

エンジンをかけようとする佐和の手を押さえて、季之が言う。

「佐和さん、ちょっといいですか？」

「はい、何でしょう」

真剣な季之の口調に、佐和は手を膝に置いて季之を見る。

「ぼ、僕と一緒になって貰えないでしょうか？」

「えっ、それは……」

佐和は想像もしていないことを言われてびっくりしたのか、季之を見て固まっている。

ここは押すしかなかった。

「是非、お願いします」

昔のプロポーズ系テレビ番組のように頭を下げて両手を伸ばす。

佐和はその手に自分の手を重ねた。

「季之さん、そう言って貰えるのはとても嬉しいけど、あたしバツイチですよ。それでもいいの？」

「もちろんだよ。バツイチだろうが、子持ちだろうが、僕は佐和さんと結婚したいんだ」

じっと考え込む佐和。しばらくして、季之に言った。

「突然そう言われても、直《す》ぐには返事ができません。少し考えさせてもらってもいいですか？」

「それはもちろんです。お返事待っています」

断られなくて上々というべきだろう。しかし、帰りの車の中は何となく気まずかった。お互いに、もう口をきかない。

高速を降りると、佐和はわき道にそれた。

あっという間に、近くのラブホテルの駐車場に入っていく。

「こ、ここは……？」

「ファッションホテル、いわゆるラブホですね」

「ど、どうしてこんなところに……？」

「その話は部屋に入ってから……ね」

駐車場からエレベーターで上に上がり、直接部屋に入る。

入った部屋は人工的な雰囲気の部屋だった。ほぼ中央に楕円形のベッドが置かれ、ソファーとテーブル、五十インチ以上の大型の液晶テレビなどが設置してある。

「まあ、そんな硬くなっていないで、座りましょうよ」

佐和は季之を促した。

「今日はゆっくりできるんですよね」

「は、はい、別に待っている人はいませんから……」

と答えたものの、季之の気持ちは落ち着かない。なぜ、佐和が季之をラブホに連れてきたのか。その理由が分からないのだ。

佐和はコーヒーを淹《い》れてくれた。

「お店のものほど美味しくないと思うけど、さあ、召し上がれ」

「はい、いただきます」

ラブホだから、佐和はセックスをするつもりなのだろうけど、何故突然帰りに寄ったのか？　季之へのプロポーズへの答えが今からのセックス、ということなのか？

いつも上品な佐和の大胆な行動に、季之は困惑している。

佐和はコーヒーを一口飲むと訊いてきた。

「季之さん、あたしが何故離婚したか、ご存知ですか？」

「いや、知りません。ご主人の浮気とか……」

「いいえ、実は違います。端的に言えば、夫とセックスの相性が合わなかったんです」

「えっ、そんな……」

「もちろん、一緒に生活して、その他も夫の嫌な部分が見えてきた、ということはあるんですけど、一番はセックスが合わなかったことです」

「そ、そうなんですか……」

「結局セックスの相性が悪いと、お互いが相手を求めなくなるし、ベッドを共にしないと、だんだん心も離れていくんですよね。あたしは子供も欲しかったけど、セックスしなければ子供ができるはずもないし、いろいろあって、協議離婚したんです」

離婚する夫婦の「性格の不一致」は、実は「性の不一致である」という話はよく聞くところだが、ここにも実例がいた。

「考えてみますと、あたしも高校時代を皮切りに、何人も恋人がいましたが、セックスの相性がよかった人って、あんまり多くなかった気がするんです。季之さんはどうでした?」

質問を返され、少し考えたが、佐和がここまで赤裸々に語ってくれたのだ。自分も言うべきだろう。

「昔はそんなこと考えたことはなかったけど、結婚しようと思っていた彼女は、僕の前から去っていったから、その彼女とはセックスが合わなかったのかもしれませんね」

季之は言葉を選んで慎重に答えた。

「そうでしょう? 結局男女間には絶対セックスの相性があって、その関係がよくないと、いい夫婦にはなれないんですよ。それがあたしが離婚を通じて学んだ最大のことなんです」

「ということは……」

「はい、季之さんはあたしにプロポーズしてくださいました。とっても嬉しいんですけど、でもセックスの相性が悪かったら、結婚できません。それを確認するために、今晩はここに泊まって、セックスして欲しいんです」

佐和の目は真剣だった。

これは受けるしかない。

「分かりました。では、僕が佐和さんの夫としてふさわしいか試してください」

「ありがとうございます。でも、ひとつだけ申し上げたいんですけど、お互い素《す》のセックスを見せ合いたいのです。今恰好をつけたところでも、夫婦生活を続けていれば必ずボロが出ます。結婚してからそうなるのは嫌なので、お互い好きなことを要求しあって、相性を確認しましょう」

佐和の言うのは、もっともだ。お互いの我儘《わがまま》なセックス同士が上手く嵌《は》まるのが、一番相性のいいセックスということになるだろう。それならば、ぶっちゃけて、自分のスケベ中年ぶりを出していくしかない。

「佐和さん、ひとつ伺《うかが》ってもいいですか？」

やっぱりセックスする前に佐和のエッチの指向を訊いておきたい。

「はい、何でしょうか」

「佐和さんは、正直に言って、自分で性欲は強い方だと思いますか？」

「はい、それはどっちかと言えば、強い方かしら……」

「セックスをする恋人とかは……？」

「今はいません」

言下に答えた。

「離婚されてからは、処女だったとか？」

「まったく経験がないということはないですけど、ほとんどゼロですね」

「ということは、オナニーは？」

「言わなきゃダメですか？」

「お互い正直になりましょうよ」

「ほ、ほぼ毎晩です」

そう言うと恥ずかしげに俯《うつむ》いた。「性の相性を確認したい」と大胆なことを言うわりには、こういう仕草が、佐和に惹かれる一面だ。

「じゃあ、僕と結婚したら、毎晩したいですか？」

「そうですね。相性のいい旦那さんとなら、いつだってしたいです」

佐和はほんのり頬を染める。

「最後にもう一つ……、佐和さんは自分のこと、Sだと思います？　それともMだと思いますか？」

「うーん」

佐和はちょっと考え込んだ。

「本当のところはちょっと分かりません。相手によるんでしょうか。なんかね、自分がSになった時に相性が合う人と、自分がMになった時に相性が合う人と両方いるような気がします」

セックスが実際どうなるか分からない。当たって砕けるしかないだろう。季之はもう自分から積極的に行くしかないと覚悟を決めた。

2

「分かりました。では、始めましょうか」

季之が声をかけると、佐和は、小声で「はい」と返事した。

「ではお互いが裸になるところを見せ合いましょうか？」

「えっ、でも、ちょっとそれは……」

季之が言うと、佐和ははにかむ。

「でも夫婦になったら、お互い着替えるところは隠しませんよね」

「それはそうですけど……」

季之はさらに押す。

「見せ合うのは嫌ですか？」

「ううん、嫌じゃないですけど、やっぱり恥ずかしいです……」

「だったら、やっぱり見せ合いましょうよ。じゃあ、僕から裸になります」

季之はそう言うと、どんどん脱ぎだした。

「これからエッチする相手の裸なんですから、しっかり見てくださいよ」

季之は見せるほどの裸でない自覚はあるが、そう言って盛り上げる。佐和の視線を意識しながら、素早くブリーフ一枚になった。

「最後の一枚になりましたけど、先に僕がスッポンポンになりますか、それとも佐和さんが先に脱がれますか？」

「あたしから脱ぎます」

かすれた声でそう言った佐和は季之の前に立つ。

デニムのジャケットを脱ぎ、一息つくと、意を決したように、デニムパンツのボタンを外す。長い脚からデニムを剝ぎ取るように脱いでいく。

佐和は季之の視線から自分を隠すことはなく、ブラジャーとショーツ姿にまでなった。

長身で全体にスリムな体形だが、乳房もヒップも前後に張っている印象だ。霞草のような女が、ダリアに変身したような気がした。

「ブラジャーも外しますか？」

季之はその問いに答えず、立ち上がると、美女を抱きしめ、キスを求めた。

佐和のキスは、彼女の雰囲気にふさわしい、比較的淡白なものだった。

季之は舌先でぷっくりした佐和の唇をノックすると、佐和は小さく唇を開いてくれる。そこに唇をねじ込んでいく。

佐和のキスは受け身ながら、季之の動きをきっちりと受け止めてくれる。舌先を佐和の舌先に擦りつけると、「あああん」と小さな溜息をついて、逃げずに小さく動かしてくれる。その慎ましやかな動きが、佐和らしさを感じさせる。

上品なキスは悪くないが、男としてはもう少し積極的であって欲しい。そこで、口の中を少し乱暴に弄ってみる。

嫌われるかもしれないと思ったが、佐和はそれに対しても、季之に合わせるように舌を動かしてくれる。自分から踏み出すことはないが、こちらから攻めれば、打てば響くように返してくれるのだ。

（佐和さんって、キスがとても上手なんだ……）

でも、それだけに、佐和に季之の技巧を見透かされているようで怖い。しかし、ここまで来たのだ。自分流で突き進むしかない。

「佐和さん、キスをしながら、自分の唾を僕に呑ませてくれないかな」

こくりと頷いた佐和は、舌を送り出しながら、中の唾を季之の口に入れてくれた。季之は自分の舌でそれを受け止めると、お返しとばかりに自分の唾も加えて、佐和の舌の上でかき混ぜる。

「あふん……、あはん……」

佐和の慎ましやかな興奮が、季之を興奮させる。

季之の行為に、佐和も自分が何をすべきか理解したようだ。今度は自分の口に入った唾のカクテルにさらに唾を混ぜて季之に戻してくる。この交換が何度も続き、二人の唾液が混然一体となる。

佐和は決して積極的ではないが、と言って、すべきことは何でもやってくれる。

(僕のアプローチに満足してくれているのだろうか?)

心配だがこれは今訊くことはできない。

たっぷりしたキスに、佐和が満足してくれていると信じて、季之は唇を離すと、美熟女の耳元で囁く。

「ブラジャー、外してもいいかい」

「外してくださる……？」

「もちろんだよ」

熱く甘い声が、季之の気持ちを昂らせる。季之は抱きしめている両手をブラジャーのホックにかけ、器用に外した。

かっちりと押さえられていた乳房が大きく広がった。そこからブラジャーを剝ぎ取る。佐和は肩をすぼめて協力してくれた。

「佐和さんのおっぱい、やっぱり大きいね」

「もう垂れてしまっていて、恥ずかしいわ」

「そんなことないよ。凄く綺麗だよ」

もちろん、若い理沙とは比較にならないだろう。しかし、年齢からすれば十分張りがある。いわゆる砲弾型の乳房で、先端はどうしても重みに耐えられないところがあって、ブラジャーの支えがないと垂れてしまう。

しかし、その何とも言えない垂れた感じが、季之にエロスのときめきを感じさせる。

「サイズ教えて貰ってもいいかな」

「教えるの……？　嫌だなあ、恥ずかしい」

「そう言わずに教えてよ」

本当には嫌がっていないと踏んだ季之が、乳房に手を掛けて耳元で囁く。佐和はそれに反応するように、季之の耳元に口を寄せてくる。

「Fの65というのをつけているわ」

「ワオーッ、美巨乳っていうやつだね」

「大きい声で言わないでよ。結構恥ずかしいんだから……」

「誰も聞いていないよ。それにほんとうに綺麗だし」

季之が手で持ち上げる。手に、そのずっしりした重さと柔らかさが伝わって嬉しい。指先に力を入れて揉まずにはいられない。

二人はそのままベッドに倒れ込んだ。

「ああん、ああっ……」

ちょっと手に力を入れると、熟女の慎ましやかで官能的な声が響く。その声に導かれるように手に力を込めてしまう。

「ああっ、ああん」

美女の声が少しずつ大きくなる。力の込め方と、声の出方がシンクロしている。それが季之を楽しくさせている。

「本当に柔らかくて、弾力があって、楽しくなるようなおっぱいだよ。もっと強く揉んでもいいかな？」

「ああん、そ、そんなこと訊かないでください。あたし、分からないですぅ……」

その艶っぽい返事の声が、佐和の気持ちを表している。季之は、さらに指先に力を込め、反発を楽しみながらゆっくり揉みしだいた。

「あぁっ、何か、季之さんに揉まれると、おっぱいが熱くなるんです」

「痛いの？」

「ちょっと痛いぐらいが気持ちいいんです……。あぁっ、いいのっ、それぐらいがとってても気持ちいいですぅ……」

さっきは分からないって言っていたはずだが、すぐに自分の感覚を伝えてくれる。

そのことが季之には嬉しい。

片乳を揉みながら、片乳を口に含ませる。佐和の乳首は、乳暈はごく普通だが、乳首は細長い。その乳首を甘噛みして舌先で舐ると、口の中でどんどん硬くなっていくのが分かる。

「ああん、ああん、あぁっ、あぁっ、あっ、あっ、あっ、あっ、あっ……」

舌先が乳首を擦るタイミングで、美女の声が発せられる。タンギングするように細かくノックすると、その数だけ細かい声が上がる。

その感度のよさに、季之はさらに興奮して、舌先を捏ね回す。

「気持ちぃいんだ」

「ああん、恥ずかしぃ。で、でも、気持ちぃぃ……っ、あぁっ、嫌あん」

「凄く気持ちよさそうにしてくれるので、嬉しくなっちゃうよ」

「ああっ、だって、季之さん、おっぱいの弄り方、お上手で……、こんなことされるの……、ああっ、久しぶりぃ……」

「昔、旦那さんはしてくれなかったの？」

「しなかったです。あの人、あたしのおっぱいに興味がなかったの……」

「へえ、信じられないなあ。こんなに素晴らしいおっぱいなのに……。でも、夫婦なんだから、佐和さんからリクエストしてもよかったんじゃあないの？」

「そ、そんなこと、できません」

佐和の元夫とのセックスは受け身だったのだろう。佐和がもっと自分を出して自分の好みを言えば、元夫も対応したかもしれないが、佐和もそんなことを言わないから、元夫はどんどん独りよがりなセックスに変わってしまい、佐和に嫌われたようだ。

（おっぱいは僕の方が上手に愛撫できるようだな……）

会ったことのない、佐和の元夫にライバル心を燃やしながら、さらにたっぷり乳首を舐めしゃぶりつくす。両乳房とも乳首をたっぷり吸い上げ、嫌というほどタンギングし、舌先でカチカチに屹立させた。

佐和のよがり声がますます激しくなる。

「あああっ、いいっ、いいっ、いいのぉ、おっぱいが……、熱くてぇ……、あああっ、あああん、ああっ、あっ、ああっ、いいーっ」

佐和は最後はスリムな身体をのけ反らせて、ぶるぶる痙攣させた。

佐和は、乳首の愛撫だけで、天国に送りこまれたのだ。

それを見つめている季之の顔に気づいた佐和は「恥ずかしい」と叫んで、顔を隠した。

「恥ずかしがらなくてもいいですよ。セックスで気持ちよくなることは、いいことなんですから……」

「そ、そうですよね……。おっぱいだけで、こ、こんなに気持ちよくなれるなんて、ああっ、あたし、病みつきになりそう……」

「僕でよかったら、いつだってして差し上げますよ、奥様」

二人は顔を合わせて笑った。

「ああっ、あたしだけしてもらっているみたいで……、季之さんも、気持ちよくなりたいですよね……」

佐和は季之の股間に手を伸ばしてきた。ブリーフがパンパンに張りつめている。

「ああっ、ここが熱くなっている……」

「僕も佐和さんのおっぱいをしゃぶっているうちに、すっかり興奮してしまって、苦しいくらいです」

「苦しいんですか？　だったら出さないと……」

「脱がして貰ってもいいですか？」

「は、はい」

季之が佐和の前に立ち上がると、美熟女は、手をブリーフのゴムにかけ、一気に引き下ろした。

「わっ！」

中に隠れていた鋼鉄のような逸物が、ビヨンと美女の目の前に飛び出してくる。砲身が天に向かって突き出していた。

「大きい……ですね。それにカチカチ……」

佐和は恥ずかしがることなく、しげしげと眺める。

季之はその素直な反応に好感を持った。

「このおち×ちんを見て、佐和さんは、どう愛したいと思うのですか？」

ストレートに訊いてみる。

「そうですね……」

佐和はどう答えようかとしばらく考えて言った。

「季之さんが望むことをしてあげたいと思います」

「だったら、僕がおしゃぶりして、って申し上げたら、してくださいますか？」

「は、はい。それは大丈夫です」

「じゃあ、お願いします」

季之は、ベッドの上で膝立ちになった。そこに猫のように四つん這いになった佐和が寄ってきて、上目遣いに季之を見上げる。

佐和は、はにかんだような笑みを浮かべた後、睾丸を持ち上げるようにして肉茎に指を這わせる。

「熱いんですね。ドクドク言っているんですね」

「佐和さんに愛撫して貰えると思うだけで興奮するんです……」

「季之さんて、結構口が上手いですね」

「とんでもないですよ。僕の正直な気持ちです」

季之の顔を時々見ながら、佐和はゆっくり扱き始める。既に十分にいきり立っている肉棒は佐和の華奢な指では十分に包めないほどの太さを保っているが、それを慈《いつく》しむように動かしていく様子が、季之の興奮をさらに促進する。

「ああっ、気持ちいいです……」

「ほんとうに、こんなことが気持ちいいんですか？」

「もちろんです。みんなそう言いませんでしたか？」

「うーん、あんまり、こういうことしたことないんです」

佐和はじっと逸物を見つめながら手を動かしている。

「えっ、そうなんですね。……じゃあ、元旦那さんにおしゃぶりとかは……？」

「とんでもない、あんな人に、そんなこと、するわけありません」

「でも、フェラの経験はあるんですよね……？」

「まあ、それはね……。年相応には……」

うふふ、と佐和は妖艶に微笑んだ。

「では、フェラ、そろそろ始めて貰ってもいいですか？」

「はい」

そう答えると、佐和は肉厚の唇から紅色の舌を出し、亀頭をチロッと舐めた。

「あぁっ、いいっ」

感無量の心地で季之が言葉を漏らすと、興奮の極致に至ろうとしている先端から、先走りの粘液が漏れ出す。

「なんか、出てきましたよ」

「ぼ、僕の興奮の印です。それも舐めて貰ってもいいですか？」

「はい」

すぐに先走り液を舐め取ってくれる。

「では今度は口の中にすっぽり入れて、舌でたっぷり亀頭を舐めまわして貰ってもいいですか？」

「はい」

佐和は二つ返事で、季之の要求に応じてくれる。

口を大きく開いて、傘のように開いた亀頭を躊躇なく飲み込んでいく。

「亀頭の下の窪みの部分を舌先でチロチロと舐めまわしてみてください……裏筋に唇をあてて、フルートを吹くみたいに……お口の一番奥まで呑み込んでから、口全体でジュボジュボやってみて……」

季之はどんどん要求を重ねていくが、佐和はそれに健気に応えようとする。

「き、気持ちいいですか……？」

「ああっ、最高です」

季之は、そうは答えているものの、佐和の舌捌きは、経験の豊富な女のそれではなかった。最近めきめきと上達している理沙とさえ比較にならない。

しかし、ぎこちない初々しさが男を興奮させる。熟女の健気な一所懸命さが、肉棒への血の集まりを促進する。

「ああっ、こんなにカチカチになるんですね……、ああっ凄いぃぃ……」

佐和は驚きの表情を見せるが、自分から止めようとはしない。むしろ、大きくなる逸物に興味が惹かれるのか、さらに熱心に舌を動かす。

佐和は上目遣いで、季之の表情を確認しながら、少しずつ舌の動かし方を変えている。頭のよい女なのだろう。男の興奮するツボを舌先で探りながら、口腔全体で味わうすべをどんどん会得している感じだ。

だんだん気持ちよくなっている。

「ああっ、そこっ、いいっ」

ポイントを刺激されると、季之は思わず声を出してしまう。

佐和は、その声に反応して、そのポイントを集中攻撃してくる。

「ああっ、凄いよっ、き、気持ちいいっ」

美女の口の動きと、巨根の気持ちよさとが完全にコミュニケーションが取れている。

「ああっ、凄ぉい……。ほんとうに大きくて、もう無理かもぉ……」

何度も息を整えながらおしゃぶりを繰り返す。季之は気持ちよさからいつまでも膝立ちでいられなくなり、いつの間にか、ベッドに腰を下ろしてしまっていた。

佐和はその股間に潜り込むように頭を下げて手と口を組み合わせておしゃぶりする。頭が下がった分、引き締まった尻が持ち上がり、それが口の動きに連動するように左右に動いている。

その姿に季之はますます興奮する。このまま行ったら、口の中に発射しそうだ。

(やばいよ、そろそろ出そうだ……)

夫婦になれるかどうかの試しのセックスをしているというのに、口中発射はないだろう。

「あ、ありがとう……。最高のフェラチオだったよ」

佐和の肩を叩きながら腰を少し引いてやると、ようやく長いフェラチオは終了した。

「口、疲れて、変になっていない？」

「大丈夫です……。それよりほんとうに大きくて、硬くて、口の中が一杯になって、こんなおち×ちんおしゃぶりするの、初めてで……」

「苦しかった……？」

「ううん、違います……。いや、少しは苦しかったけど、苦しくなるぐらいのものをおしゃぶりできていることが、何か凄く気持ちよくて……」

「本当に気持ちよかったよ」

「では今度は、僕が佐和さんにお返しする番だよ。パンティ、脱がしてあげる」

仰向けに寝かした佐和から、腰に残っていた最後の一枚を剝ぎ取る。股間からねっとりした甘酸っぱい香りが立ち上がってくる。

(佐和も十分興奮しているな……)

立ち膝にさせ、両脚をたっぷり開かせる。

「ああっ、恥ずかしいです……」

佐和は恥ずかしさに身体を震えさせるが、足を閉じることはなかった。将来夫になる相手かもしれないからこそ、中までしっかり見せる気になったのだろう。

子供を産んでいないせいなのか、思った以上に楚々とした股間だった。陰毛は特に手入れをしている様子はなかったが、全体に薄い。

括れがはっきりしていて、砲弾型の乳房の持ち主はまさにダリアの印象だが、股間だけを見ればやはり霞草だ。

花弁も肉薄だ。そして、その薄茶色の花弁の間には秘蜜にまみれた鮮紅色の生肉が見え隠れしている。

「あああっ、可愛いオマ×コだね……」

「ああっ、そんなこと、仰らないでください……」

季之は陰唇に指を伸ばしていく。

「中まで見せて貰うね」

「ああっ、恥ずかしい……」

美女は両手で顔を隠した。

季之が二本指で秘裂を広げると、ローズピンクの肉ビラが糸を引きながら開いた。妖しく濡れ光る女の中心の粘膜が、菱形を描いた。

広げると、中に溜まっていた蜜液がトロリと外に漏れだしていく。

「すっかり濡れているよ」

「ああっ、エッチな佐和でごめんなさい……」

「ううん、こんなに濡れてくれて、嬉しいよ……」

羞恥の炎が女体を焦がしていた。それが、小さな震えとなって女体を赤く染めている。一度落ち着いた身体全体が汗ばんできているのは、その証拠なのだろう。

しかし、佐和は足を閉じようとしない。季之の指示は絶対だと思っているようにも見える。

「佐和さんのオマ×コ、ほんとうにエッチで綺麗だ」

「も、もう来てくださいますか……？」

佐和は小声で質問するようにセックスをねだる。

「もっと佐和さんが気持ちよくなってからだよ」

季之は肉ビラの間に、人差し指を入れていく。秘苑は「クチュッ」と音を立てて、指を飲み込む。

「あっ、そ、そんなこと……」

「佐和さんの中の感覚を、指にも覚えてもらわなければね……」

「ああっ、ああっ……」

季之は肉襞がまとわりついてくる中で、根元まで差し込んだ指を鉤型に曲げていく。

ドロドロに溶けた肉穴は十分熱く、男の指も溶けさせてしまいそうだ。

「男の指でやって貰えるオナニーもいいだろう」

鉤にした指の背を使って、肉襞の感触を楽しみながら擦りつけていく。

「ああっ、えっちぃ……、季之さあん、ああっ、そんなぁ……」

「佐和さん、こうされるの嫌い？　嫌いならやめるけど……」

「き、嫌いじゃあ、ありません……。ああっ、気持ちいいのぉ……」

顔を上げると、隠した手の間から眉間の皺が見える。きっと掌も汗ばんでいるに違いない。

柔らかく指を動かしていくと、じわっと汗の吹き出してきた女体は小さく震え、指の入れてある壺から立ち上る官能の匂いは、中年男の頭をくらくらさせる。

「佐和さん、綺麗だよ」

「あああっ、でもああっ、もうこれ以上されたら……」

「これ以上するから、もっと気持ちよくなれるんだよ……」

季之は入れる指の数を二本に増やして、中を引っ掻くようにかき回した。

「ああっ、そ、そんなあ……、ああっ、あっ、あっ、あっ、あああーん」

予想外の攻勢に、熟女はひたすら身体を震わせ、新たに湧き上がる快楽に身を任せる。

「ああっ、あっ、あっ、あっ、……こ、こんなのはじめてぇ……」

佐和の付き合ってきた男で、こんな愛撫をした男がいなかったことにちょっと驚きを感じながらも、季之はさらに指を激しく動かしていく。

佐和は季之が激しくすればするほど声を上げ、指の快美に沈み込んでいく。

擦られた肉襞が熱を発し、それが指に伝わり、さらに積極的に中を弄っていく。

「いやーっ、ああっ、うそぉーっ、ああっ、ああっ、ああっ……、だめーっ」

遂に美熟女は身体を硬直させてアクメに達すると、股間から潮《しお》を吹きだした。噴水のように吹き出した液体は、季之の顔を直撃する。

「わっ」

予想していなかった潮吹きに、季之は思わず声を上げる。

「ご、ごめんなさい……ぃ、あああっ、おしっこ漏らすなんて……」

「違うよ。おしっこじゃないよ。佐和さん、凄く気持ちよくて、訳分からなくなったんでしょ？」

「あああっ、恥ずかしい」

「恥ずかしくないよぉ、僕の指が気持ちよくて、潮を吹いたんだよ。ああっ、佐和さんが僕の指で潮を吹いてくれて、最高に幸せだよ」

季之は濡れた顔をくしゃくしゃにしながら喜びを伝える。

「潮って……、こんなこと初めてですぅ……、これって恥ずかしいことじゃあないんですよね」

「もちろんだよ。佐和さんが僕の指だけでイッてくれたんだ。恥ずかしくなんかあるものか、僕は誇りに思うよ」

季之は濡れた顔をタオルで拭うと、すぐさま佐和の足を取った。

「今度は、佐和さんが潮を吹いてもシーツを濡らさないように、僕がお口で受け止めてあげる」

「ああっ、そんな、大丈夫ですぅ……」

「遠慮しなくていいよ。僕は、佐和さんだったら、どこだってキスできるから」

言うなり季之は、佐和の濡れ濡れの生肉に舌を伸ばす。今まで手指に蹂躙《じゅうりん》されていた肉襞に男の舌が密着する。

「ああっ、ダメッ、ダメですぅ」

「佐和さんのオマ×コは全然嫌がっていないよ……」

花弁を舌先でペロペロと舐めまわす。

「ほら、こうすると、佐和さんのオマ×コ汁、いくらでも湧いてくる……」

季之は蜜口に吸い付き、ちゅうちゅうと愛液を啜り呑む。

「ンん、吸っちゃダメっ、あっ、あはん、んふぅうん……」

喘ぎ声に艶が帯び、身体の慎ましやかな震えがだんだんと派手になる。眉間の皺が一層深まり、シーツを握る指の爪が白くなった。

「クリも一緒に舐めちゃうね」

興奮ですっかり屹立したクリトリスを男の舌が襲う。根元から上になぞるように舌先を動かしていく。

「ヒィっ」

「気持ちいいだろう」

「んっ、ダメッ、そこはほんとうに、あたし、立てなくなってしまう……、あっ、あっ、あうん……」

その反応は敏感過ぎるほどだった。

「いやっ、やめてぇ……、ほんとうに……」

しかし、艶やかな牝啼きに、媚《こび》を感じる男はさらに熱心に舌を使う。

「ペチャペチャペチャペチャ」

舌の動く音が水音を立てる。

「あふっ、あふっ、あひぃ……」

佐和の声が切迫感を帯びるが、はしたない声は出したくないと堪《た》える姿がいじらしい。

季之はそんな美女をもっと乱れさせようと、舌の動きを激しくして、クリトリスと女襞を交互に攻める。芽《め》ぐんだ肉豆を転がしたかと思うと、舌で挟んで吸い立てる。次の瞬間には、舌先を襞奥まで突き入れて、漏れ出る愛液を啜り込む。その攻勢に女はタオルを口に咥えて必死に我慢する。

しかし、官能神経の塊に対する執拗な攻めに、耐えられる時間は長くない。快感が一気に爆発する。

「ああん、よしてっ、あっ、ダメっ、あああん、あああああーん」

佐和はもうタオルを咥えていられなくなった。両手でシーツを強く握りしめ、のけ反ってよがり泣く。腰が浮き上がって、一度顔を引いた季之の口に、自ら口愛撫を求めるように寄ってしまう。足ががくがく震えている。

「イクぅーッ」

最後は鋭い声を発し、そのまま身体が弛緩《しかん》した。身体がベッドの上で跳ねた。

3

「イッたときの佐和さん、とっても綺麗だったよ」

アクメの興奮が少し落ち着いたところで、季之は佐和の耳元で囁いた。

「いやな季之さん……」

アクメの余韻《よいん》に浸《ひた》っていた美女は、気怠《けだる》く答える。

汗ばんだ女体をタオルで拭ってやりながら、季之は確認する。

「そろそろ、僕の逞《たくま》しいもの、欲しくなったんじゃあない？」

「た、逞しいもの……？」

「おち×ちん、とも言うけど……」

季之は男性器の卑称を言いながら、いきり立ちっぱなしの逸物を佐和に握らせる。

ここはラブホテルである。そして佐和は自分との身体の相性を確認するために、ここに車を入れたのだ。することは決まっているのだが、季之は佐和に言わせたかった。

その期待を顔に浮かべながら佐和を見た。

佐和は季之が何を求めているのか、分かったようだ。手がゆっくりと上下して、肉棒の形を確認している。

「はーっ」

佐和は大きくため息を吐いた。それから小声で、

「おち×ちん、欲しいです」

小声で言った。

「佐和さんの気持ちはよく分かった。だからすぐ入れるけど、せっかくだから、もっと卑猥に言う練習をしてみない？」

「卑猥に……ですか？」

「はい、できるだけいやらしく……。もし佐和さんが僕の奥さんになってくれるなら、普段は最高にお淑やかで、でもベッドの中ではできるだけエッチな奥さんになって欲しいんだ……。だから、その練習を今からして欲しいなと……」

「何て言ったらいいのかしら……」

「それを佐和さんに考えて欲しいんだよ。佐和さんが今言える一番いやらしい言葉で、おち×ちんが欲しいということを言ってみてよ」

「ああっ、それは……」

「やってくれるよね……」

季之の押し付けるような口調に、佐和は断り切れないと思ったようだった。しばらく考えていたが、おもむろに口に出した。

「季之さんのその太くて硬いおち×ちんで、あたしのオマ×コをズコズコ貫《つらぬ》いて、あたしを気持ちよくさせてくださぃ……。ああっ、恥ずかしいっ」

「佐和さん、ありがとう。それって佐和さんの今の本当の気持ちだよね」

一度シーツで顔を隠した佐和が、眼だけ出すと、恥ずかしげに頷いた。

「じゃあ、佐和さんが絶対に満足できるように頑張るよ」

季之は、逸物を佐和の中心に添える。亀頭で、花弁部分を擦るようにして肉棒を佐和に馴染ませていく。

「僕のおち×ちんが佐和さんのオマ×コに触れているの、分かるよね」

「分かります」

「じゃあ、今から入れるね……」

「ああっ」

季之は腰を前に進めて、先端を煮えたぎる肉壺の中に進めていく。亀頭が肉ビラを割り開いていくと、すっかり潤った粘膜が肉幹を包み込んでくる。

「ああっ、あああぁぅ」

熟女の艶っぽいよがり声が嬉しい。

季之は佐和の味をしっかり噛みしめながら、ゆっくり中まで進んでいく。トロトロに蕩けた柔襞は、季之の進行を邪魔しないが、しっかりした締め付けがある。狭隘《きょうあい》な道をしっかり擦りながら進む快感に酔いそうだ。

一番奥に達する。

「ああっ、ようやく佐和さんとひとつになれた……」

「ああっ、男の人が入っているって、こ、こんな感じでしたね。ひ、久しぶりなんで、すっかり忘れていました……」

「どう、久しぶりの本物の味は……」

「ああっ、嬉しいですぅ……」

奥で動かさずにいると、膣襞が蠢いてくる感触が季之の官能を擽る。先端がそれに反応するように一番奥を押し上げる。

「なんか、僕も凄く気持ちがいいよっ……」

「あたしも……、エッチってこんなに気持ちいいことでしたっけ……？」

どうも二人の相性はよいようだ。

快感に表情をゆがめている美女に、さらに快感を与えるべく、重たげに揺れている双乳に手を伸ばす。柔らかな肉に十本の指が食い込んだ。

「ああっ、おっぱいも気持ちいいの……」

砲丸型を復元するように根元をまろやかに揉んでみると、美女の華やかな声が悦びを伝える。季之は、佐和の艶姿にますます喜びが募《つの》る。

「そろそろ、動かそうか……？」

「あああっ、恥ずかしい……」

「動かしてはダメっていうこと……？」

「あああっ、動かして、く、ください。もっと気持ちよく……、ああっ、恥ずかしい」

ほんとうに恥ずかしいようだ。羞恥を言葉に示すとき、膣がきゅっと収縮して、逸物を締め付けてくる。

その締め付けに抗《あらが》うように腰をゆっくり動かし始める。

動かし始めると、急に中が柔らかくなる。

「あああっ、あっ、あっ、あっ、あうんっ……」

愛液たっぷりの蜜壺の中で、肉襞と太幹とが濃密に擦れあう。小陰唇が恥骨で擦れあわされる。男の愛情あふれるピストンに、女は眼を瞑って夢心地になる。

「どう、気持ちいい？」

よがり声をきけば一目瞭然だが、心配性の男は確認してしまう。

「ああっ、こんなに気持ちいいことだったなんて……」

嬉しそうにつぶやく女の表情に、男の腰の動きが少しずつ激しくなり始める。

「佐和さんの中、最高に素敵でたまらない。あたたかくて、ヌルヌルで……、ほんとうに僕の奥さんになってください」

腰を使いながら再度プロポーズする。佐和はそのプロポーズには答えず、

「ああっ、季之さんのものも素敵ですぅ……。たまらないぐらい立派なんですぅ……」

男の出し入れに合わせて、女腰も優美にグラインドする。二人の動きが見事にシンクロする。

季之は揺れる乳房への愛撫も忘れない。

十本指で揉みながら腰を使う。二つの性感帯を同時に攻められて、狂乱しそうな女体を季之は冷静に見極め、崩壊する一歩手前で抑制《よくせい》していた。

どんなに抑制しても、何度も燃え上がらされた女体の限界は直ぐだった。

「ああっ、あっ、あっ、あっ、あっ、ダメっ、イク、イクぅぅぅぅぅ……」

ピストンの激しさを増したところで、女体は最高の快感に達する。

季之は女体の震えを感じると、直ぐにピストンを止める。一番奥にある肉棒を痙攣した女襞がクイクイ締め付けてきて、その感触が嬉しい。

「今度は二人とも獣になろうよ」

落ち着いたところで佐和を後背位に誘う。

佐和が四つん這いになって腰を上げた。季之はその腰をぐいと引き寄せ、怒張を挿入していく。正常位と逆の関係が二人に新たな興奮を呼ぶ。

「ああっ、こっちもいいっ、佐和さんの中、とっても素敵だよぉ……」

早速慎重な出し入れを始める。

「さっきと当たり方が違うのぉ……っ、ああっ、こっちも……、あああっ、気持ちいいの……」

佐和の感動の声がすぐに響き渡る。

「あっ、あああん、んんっ……」

よがり声が美女の腰を震わせる。季之は身体を支えるために両手を廻して、乳房を包む。その手を支えにして、腰の動きを激しくしていく。

「ああっ、こんな恥ずかしい恰好でエッチしているのに、気持ちがいいのぉ……」

佐和の悦びの声が嬉しい。

季之の太竿が肉ビラの間から出入りしているのが見える。バックは女の征服感が違う。突き刺す興奮が正常位の上をいっている。

摩擦の感触の違いも嬉しい。どっちも素晴らしい感覚だが、征服感が強い分、逸物の反り具合が著しい感じがする。

「あうっ、ああっ、あうん、あん、あん、あっ、あっ、あっ……」

突かれるタイミングで、よがり声が零れる。

季之は牝啼きの声を聞きながら、突き押しの動きから回転へと、動きを変えている。腰の円運動は、牝の本性を抉りだそうというねちっこい動きで、子宮口と肉襞をくまなく擦っていく。反りの強さが中をますます擦り上げ、佐和のよがり声が、どんどん甲高くなる。

女体の乱れ方が一段と昂進する。

「ああっ、それっ、ダメッ、あふっ、あっ、んんぐ、んんんんぐっ」

佐和が新たな快感に溺れていた。容赦ない攻めが女の腰をも回転に巻き込む。頭を沈めた佐和は枕を口に当てて、漏れ出る声を抑えるのに必死になる。

「佐和さん、腰の色気が凄いよぉ……、こんなにされると、めちゃくちゃにしたくなっちゃうよぉ」

「あたしぃ、めちゃくちゃにされちゃう……」

狼狽《ろうばい》の声も季之のエネルギーだ。季之の腰遣いがどんどんダイナミックになり、それに合わせるように秘穴の収縮が強まる。

股間から響くぐちゅっ、ぐちゅっという情交の音がいいスパイスだ。お互いの股間は愛液ですっかり濡れそぼり、甘酸っぱい性臭が部屋に満ち溢れていた。

「ああっ、あああっ、あっ、あっ、あっ、あっ、あっ……」

どんなに声を抑えても、よがり声は漏れ出さずにはいられないほど大きくなっている。季之の興奮もこれ以上ないほどまで昂っていた。

「このオマ×コは僕のものだから……。佐和は僕の嫁になるんだから……。もう、誰にも使わせないぞ！」

独占欲が口をついて出る。

「あああっ、もう、許してぇ……、お、奥が凄いのぉ……っ、ああっ、こんなにされたら、ああっ、狂ってしまうぅ……」

「許してほしかったら、僕のものになることを誓うんだ」

「ああっ、なりますぅ、佐和は季之さんのものになって、これからずっと可愛がってもらいますから、もうおしまいにして……ぇ」

「本当だね！」

「本当ですぅ。佐和は季之さんのものですぅ……」

「よおし、天国に送ってやるぞ！　今から中に出すよっ、いいね」

「ああっ、それだけは……。そっ、そろそろ危ない日なのにぃ……」

「かまわないよ。二人は結婚するんだ。妊娠したら最高じゃないか……」

季之はギアをチェンジする。女をイカせて、自分もイクためのピストン。腰を密着させ、女の一番深いところをかき混ぜながら前後にも揺らす。

季之の厳しい言葉と激しい動きに、女体はどんどん昂っていく。何度目かの絶頂が女体を襲った。

「ああっ、またイクゥぅ……」

「分かった、今度は一緒にイクよ」

季之は頂点に向けて一気に進む。激しい動きに、ラブホテルの大型ベッドも軋《きし》み音を上げる。亀頭の括れが柔襞を激しく擦り、蜜穴から新たな蜜液をどんどん引き出していく。

佐和も覚悟を決めていた。

「ああっ、来てぇ、季之さんの熱いもの、いっぱい掛けてっ……」

佐和は獣のスタイルで射精をねだった。

「ああっ、佐和さんが求めてくれるぅ……、ああっ、嬉しいよぉ……」

情愛の揺れがベッドをさらに軋ませ、二人の呼吸がひとつになった。

「イクよ、佐和さん、ああっ、出るぅ……っ」

額から汗を吹き出させた季之が、全力を振り絞って引き金を引いた。真っ白い銃弾が尿管を駆け抜け、一気に蜜壷で花を開いた。

佐和は子宮を白く染めあげられ、長い嬌声《きょうせい》を放つのだった。

第五章　ご近所美人は僕のもの

1

季之と佐和は、心が通い合ったセックスを堪能したが、結局は二人ともこのままホテルに泊まるわけにはいかなかった。季之は翌朝一番に市場に出かけて花を仕入れて来なければならないし、佐和には開店の準備がある。

二人はゆっくりシャワーを浴び、着替えを始めた。

季之は、佐和をあれだけ満足させただけに、プロポーズがダメになることなど考えてもいなかった。むしろ一気に、今後の予定でも話しておきたいくらいだ。

ラブホテルを出発前に、佐和が淹《い》れてくれたコーヒーを飲みながら、季之は佐和に切り出した。

「これからの僕たちのことだけど……」

そう言いかけた途端《とたん》、佐和が話の腰を折った。

「理沙と、あたし、どっちがよかったですか？」

「理沙……って？　あ、あの理沙ちゃん？」

「そう、うちと、季之さんのところでバイトしている理沙。エッチしましたよね？」

「な、何で……、そ、それを……」

「だって、理沙が教えてくれたもの。理沙と季之さんとがエッチした翌日、バイトに来て、早速報告してくれたんです」

「えっ、嘘でしょ……？」

「あの子ったら、あたしが季之さんのことが好きなことを知っていて、牽制したのね。あたしたちを結婚させたくなかったんでしょうね。子供ですよね……」

季之は目の前が真っ暗になる思いだった。よりにもよって、一番バレて欲しくない人にバレているとは……。

さらに佐和は話を続けた。

「涼子とはセフレになったんですよね？」

二つ目の爆弾だった。驚きで息もできない思いだ。

「何で、そんなことを佐和さんが……？」

季之は口をパクパクさせながら、何とかこれだけ言った。

「大学の時、あの子、あたしのペットだったから……」

「ペットって……？」

「あたしの卒業した大学、女子大だったんですけど、新入生と四年生はペアになって、新入生は四年生のお世話をしながら、大学生活を学ぶという習慣があるんです。あたしの四年生の時の新入生が涼子で、涼子を可愛がったんです。涼子にレズの手ほどきをしたのは、あたしです」

「えっ、レズ？」

驚く季之の表情を尻目に、佐和は話を続ける。

「あたしは女子大生の時の気の迷いで、すぐに男性の方がよくなったんだけど、あの子は完全なバイセクシャルで、男女どちらでも愛することができる子になったんですよ。今はあたしとはエッチなことをしなくなっているんだけど、仲良くて、時々、お酒飲んだり、おしゃべりしたりしているわ。お店にもよく来ているんです」

「ということは、僕と関係ができたことも彼女が教えてくれた？」

「もちろんそうですわ。彼女、新しい男ができると、必ず私に報告するの……。でもびっくりしました。季之さんのことを彼女に紹介したのは私だけど、彼女の好みからしたら季之さんのことを好きになるとは思えなくて……。男女の仲って、分からないものですよね」

確かに涼子を知ったのは、佐和からお客として紹介してもらったのがきっかけだ。

「結婚する気はないって言っていましたけど……」

佐和はどうして、こんな話を切り出したのだろう。意図がわからないだけに、季之は知らず知らずのうちに、改まった口調になっていた。

「たぶん彼女、今も女性のパートナーがいるんだと思います。彼女にとっては、男は自分を気持ちよくしてくれる道具みたいなものなんです。もちろん、男性とのセックスは嫌いじゃないと思うけど、生活を共にしようなんて、全然考えていないんじゃないかしら」

「だったら、僕とは別れられますよね……?」

恐る恐る尋ねた。

「それはどうかしら……? 彼女、結構執着心が強くて、女性のパートナーがいても、いまだにあたしともレズしたい、って、時々言ってくるんです。もちろんあたしはお断りですけど……」

「そうなんですか……」

季之は、佐和にどう思われているかと思うと、気落ちするしかない。そこにさらに追い討ちをかけるように佐和は言った。

「貴和子さんとも寝たんですよね」

「き、貴和子を……し、知っているんですか？」

「お友達です。別れた旦那と、貴和子さんの御主人が同じ会社の同僚で、結婚したころ、社宅でお隣同士だったたんです」

佐和と貴和子との間に、そんな関係があったとは全然知らなかった。

「彼女はお淑《しと》やかな人で、滅多なことでそんなこと言わないんだけど、お互い旦那には不満があったから、愚痴をこぼしあっているうちにセックスの不満までお互い話す関係になったんです」

貴和子が上品な奥様であることは間違いない。

「あたしが離婚に踏み切れたのは、彼女のアドバイスがあったからなんです。だから、あたしにとっては恩人。その貴和子さんが、この間電話をかけてきて、高校の時の憧れの君と偶然再会して、その彼とエッチしちゃったって言うから、根掘り葉掘り尋ねてみたら、それが季之さんで」

「なんていうことだ……」

溜息をつくしかなかった。

意外な人間関係の絡みを知って、なにやら体の力が抜ける思いだ。

「じゃあ、ひょ、ひょっとして佐和さんは、僕が、理沙ちゃん、涼子、貴和子と関係があることを承知のうえで、エッチしたっていうこと？」

「まあ、そういうことになりますね」

「嫌じゃなかったの？」

「あたしの気になっている男の人がそんな浮気者だ、ということにショックを受けなかったと言えば嘘になりますね。でもね。三人が三人とも、凄く満足しているんです。あの三人、実は男の好みも、セックスの好みも結構うるさくて、全員が満足するようなセックスができる男って、どんな男なんだろうって、思うようになりました。……だったら一度自分も抱かれてみようかな、と思って誘惑しちゃいました」

口調は穏やかで、微笑みはやはり美しいが、言っている内容はえぐい。

「何と……」

季之は佐和の話に絶句した。

（ということは、佐和は最初から自分と結婚するなんて考えていなかったということか……！）

　店を継いで十年間、店を盛り立てるのに一所懸命で、女性とは全く縁がなかった。ようやく結婚を考えるようになったところでこのざまだ。

（結婚相手だけを本気で探すべきだったんだよな……）

　この二箇月の間に三人の美女と次々深い関係になって、有頂天になっていたが、悪いことはできないということだろう。

　それでも最愛の佐和には、自分とのセックスに満足して欲しいと思った。

　季之は何ともやるせない気持ちを押し殺して、佐和に訊いた。

「で、佐和さんはどうだったのかな？　僕とのエッチ……？」

「そんなこと、季之さんは、あたしを見ていたんだから分かりますよね？」

「もちろん、佐和さんに気持ちよくなって貰おうと思って頑張りましたけど……」

「そうでしたね。あたし、最高でしたわ。三人が季之さんから離れたくない気持ち、よく分かりましたもの……」

「じゃあ、僕との結婚の話は……？」

　断られることを覚悟して、佐和にプロポーズの返事を求める。

　佐和の答えは思いがけないものだった。

「三人が何て言うかですわね」

「三人というと……」

「もちろん、理沙、涼子、貴和子さんですわ……。あたしは、季之さんのことが好きですけど、女の友情も大切にしたいの。あたしと季之さんとが結婚することで、みんなとの友情が壊れてしまうのは嫌なんです。だから、三人があたしたちの結婚を祝ってくれて、そしてもちろん、季之さんとは今後エッチしないことが条件になります」

季之にしてみれば、佐和以外の三人はもちろん魅力的な女性だが、佐和と結婚できるのであれば、別れるのは何ら異存がない。

「じゃあ、三人がOKしてくれたら、僕の過去は不問にしてくれるということ？」

「あたしだって離婚歴もあるし、元旦那一筋でもなかったから、それ以上の綺麗事を言うつもりはないです」

きっぱりと言った。

2

翌週の平日の夕方、季之が呼び出されたのは「ＳＡＷＡ」だ。臨時休業していた店の中にいたのは、佐和、理沙、涼子、貴和子の四美女である。

ボックス席がつなげられていて、テーブルの上にはお酒やテイクアウトの料理が並んでいる。女子会をやっていたようだ。

季之がのこのこと店に入っていくと、四人から一斉に見つめられる。佐和一人だけだと思っていた季之は、驚いて逃げ出したくなる。

「季之、あたしたちの顔を見たからって、逃げなくてもいいじゃない。それより、おめでとう。佐和と結婚するんですってね」

貴和子の一声にもう逃げられなくなった。

「さあ、こっちに来て、お座りなさい」

佐和と並んで座らせられる。

季之を中心に佐和、理沙、涼子、貴和子がぐるりと囲む。四美女に囲まれると、華やかさが半端ではない。百合、芍薬、向日葵、そして霞草、それぞれが華やかすぎて、バランスが悪いほどだ。

自分と関係した女たちに祝われるなんて、季之にとっては針のむしろに座らされている気分だ。

佐和はちょっと硬い表情をしていたが、他の三人は上機嫌で、却って気味が悪い。

「何を召し上がるの？　ビール？」

涼子がコップに注ごうとする。

「ま、まだ仕事があるから」

婉曲に断ろうとする。

「大丈夫ですよ。今日はマスターがいなくても店はちゃんと動きます。そうですよね、マスター」

店のシフトをよく知っている理沙にそう言われると、仕方がない。諦めてビールグラスを手に取った。

「それじゃあ、季之と佐和の末永い幸せを祈って乾杯！」

「乾杯！」

貴和子の音頭で唱和する。

「それにしても季之さんって、プレイボーイね。あたしたち全員を手玉に取ったっていうんだから……」

涼子の言葉にとげがある。

季之にしてみれば、誘惑してきたのは全て女たちで、自分から積極的に迫ったつもりはない。しかし、世間ではそれは通らない話だ。

（ああっ、彼女たち、全員がバラなんだ。美しいけど棘《とげ》がある……）

そんな当たり前のことに今さら気づかされて、季之は身震いした。

季之を取り囲んだものの、四美女は季之をそっちのけでおしゃべりに夢中だ。内容は他愛なく、季之にしてみれば、「何で自分がここにいなければいけないの？」と、言いたくなるような状況だ。居心地悪いことこの上ない。

二十分ほどたっただろうか、突然話題が変わった。貴和子が、ぼうっとして女たちの会話をきちんと聞いていなかった季之に訊いてきた。

「で、季之は、この四人の中で、誰が一番よかったの？」

「え、何が？」

「それは言うまでもないでしょ。エッチ。誰が一番抱き心地がよかったの？」

「えっ、そ、それをみんなの前で答えろってのかい？」

「やっぱり佐和？」

貴和子の真剣な目が恐ろしい。ここは慎重に答えるしかないと腹を括《くく》った。

「は、はっきり言って、み、みんなよかったよ……」

「そんないい加減な返事ではなくて、順番をつけて欲しいの」

貴和子が女たちに同意を求めると、皆頷いた。

季之は言葉を選びながら真面目に答える。

「嘘じゃない。僕も学生の頃から石上に戻ってくるまで、彼女がいたこともあるし、エッチの経験も人並み以上にあったと思う。でもその時のセックスの感動よりも、この二箇月間に皆さんとしたセックスの方が、はるかに気持ちよかったんだよ」

女たちが、「へえっ」という顔をする。

「確かに、あたしも季之とエッチして、セックスってこんなにいいものなんだって思わされたわね……。佐和はもちろん、季之に抱かれて気持ちよかったんでしょ？」

貴和子に問われれば仕方がないというように、佐和が赤裸々に答える。

「あたしもこの間、季之さんに抱かれて、あたしの今までしてきたエッチって何だったんだろうって思っちゃったわよ。昔の旦那と言い、その前のカレといい……。やっぱりセックスの相性って大事でしょ……。だからね、あたし、季之さんのお嫁さんになることに決めたんです」

「えっ、それってズルくないですかあ？　あたしだって季之さんのお嫁さんになれるんですよぉ」

負けじと言ったのは理沙だ。

「あんたはダメでしょ。まだ学生だし、年齢だって、季之さんと二十も違うのよ。これからもっといい彼が出てくるわ。諦めなさい」

　佐和が高飛車に言った。

「でも、あたしだって、マスターとのエッチが一番よかったんです。それは皆さんも同じでしょ。遊んでいそうな涼子さんですら、そうだって言うんですから、今後、あたしが季之さん以上の男と出会うなんてこと、ありえないと思います」

「ちょっと、理沙ちゃん、あたしはそんなに遊んでいませんからね。……でも、レズ指向の強いあたしが、季之さんなら抱かれたいって思うんだから、理沙ちゃんの気持ち、分るなあ……」

　涼子の言葉を引き取るように貴和子が言う。

「確かにそうよね。季之も理沙ちゃんがそんなことを言うとは想像もしていなかったからお嫁さん候補に入れていなかったのだろうけど、お嫁さんになってもいいって言われたら、佐和と理沙ちゃんとどっちにしたらいいか、迷うよね」

　貴和子の言葉に頷くわけにはいかない。

（佐和さん一筋って決めたから……）

　本心を言えば、理沙の若さとあの巨乳が捨てがたいのは言うまでもない。

「でも不思議よね。季之って要するに普通の男じゃない。特に二枚目でもないし、仕事だって、町の花屋さんで、お金持ちでもない」

「それなのに、美女が周りを囲んでしまう」

貴和子の言葉に涼子が続けた。

「マスターって、昔からそんなにモテたんですか？」

理沙が貴和子に尋ねた。

「ううん。全然目立たなかった」

「でも、貴和子さんの憧れの君だったんですよね」

「そうなのよ。不思議よね……」

「同級生にも、先輩にももっといい男がいっぱいいたんじゃないですか？」

「もちろんいたし、当時は、そんなイケメンからずいぶん声もかけられたわ……」

「そういうイケメンより、季之さんがよかったんですか？」

「自分でも納得いかないんだけど、そうだったのよね……。高校二年の時クラスが一緒で、席が近かったことがあるのよ。その時、理由ははっきり覚えていないんだけど、季之に興味を持ってね……。でも確かに、友達は誰も季之がいいとは言わなかったなあ。あたしだけはアプローチしたんだけど、季之は気づいてくれなかったのよね」

「違いますよ。貴和子はあの頃からものすごく綺麗で、取り巻きもいっぱいいて、僕なんか鼻にもかけない感じだったんです」

「そんなことなかったんだけどなあ……」

貴和子のその一言に、貴和子の気持ちが痛いほど込められている。

涼子が言う。

「要するにあたしを含めて、誰も季之さんと別れたくないのよね」

誰も返事をしなかったけど、そう思っていることは季之にも分かる。

(土下座をして、別れてくださいって、お願いしようか……?)

こんな粒ぞろいの美女たちともう二度とセックスできないのは惜しいけど、佐和と結婚できるなら仕方がない。土下座をしようとして腰を浮かしたところに、涼子が季之の心中を語った。

「季之さんも、佐和さんと結婚したいとは思っているけど、私たちと別れたいとは思っていないのよね」

まさか正直に答えることはできない。

「そ、そんなこと、ない、よ……」

一瞬躊躇したのが女たちにもよく分かったようだ。佐和の顔が険しくなり、他の三人の顔が嬉しそうにほころぶ。

「うふふふふ、無理しなくていいですよ。気持ち、よく分かりますもの」

涼子が続ける。

「みんな魅力的過ぎますものね。あたしだって、佐和先輩とはレズの関係にあったけど、ずっとよりを戻したいと思っていたし、今は、貴和子さんとも愛し合いたいし、理沙ちゃんもその道に引き込みたいと思うもの……」

涼子の瞳が蠱惑的に輝く。

「あたしは嫌ですよ」

佐和が言下に断った。

「佐和先輩、それはつれないですよ。あたしにこの道のよさを教えてくれたのは佐和先輩じゃないですか……」

涼子の目元が赤い。

「あたし、佐和先輩と季之さんが結婚されて、あたしは佐和先輩とも季之さんともエッチするっていうんでもOKなんですけど……?」

涼子の手が佐和の胸に伸びる。

「ちょ、ちょっと、涼子……」

手を振り払おうとしたところ、貴和子と理沙が佐和を押さえつけた。

「いいじゃないですか……。あたしの一番のレズのパートナーは佐和先輩だったんです。佐和先輩に振られてからは、他のパートナー、何人かと暮らしましたけど、佐和先輩ぐらい肌が合う人、いなかったんですよ……。だからあたし、先輩が季之さんと再婚するって聞いて、これを機によりを戻して貰おうって決めたんです」

「ちょっと、何考えているの、涼子ったら。あたし、あんたとよりを戻すはずないじゃないの」

「そう仰ると思ったから、さっき先輩が席を外したときに、貴和子さんと理沙ちゃんに相談したら、二人とも賛成してくれて、あたしの協力をしてくれることになったんです。すみませんけど、佐和先輩を裸にするのを手伝って貰えます？」

涼子はそう言って自分のカットソーを脱ぎ捨てると、涼子に抱きついていった。唇を佐和の唇に密着させる。

「先輩、昔みたいに、ディープキスしましょうよ……」

佐和は貴和子と理沙にも押さえつけられて、逃げることができない。いつの間にか場所の空気が、季之の予想もしていなかった方に変わっていた。

「季之さん、た、助けて……」

佐和のＳＯＳに、季之は悪戯っぽく笑って答える。

「いや、助けないよ。僕も佐和と涼子が愛し合うのを見たい」

「そ、そんな、あたしは季之さんのお嫁さんになるのに……」

「女同士なら僕は全然かまわないよ。さあ、遠慮なくお互い、愛し合って……」

季之のその言葉に、涼子の積極性が一層増した。遂に、息苦しくなった佐和が唇を開くと、その中に涼子の舌先が突入する。

「佐和も僕にしたみたいに、涼子にもしてあげて……」

季之がさらに背中を押すと、遂に佐和も涼子の舌にしっかり反応し始めた。

昔の経験がすぐによみがえったようだ。佐和の舌に涼子の舌が絡み合う。

お互いの舌が、全く別の生き物のように口の周りを動き回る。二人の行為は流れるようだった。しかし濃厚なキスで、かつての二人の関係がいかに深いものだったか、それを見ているだけでも明らかだった。

季之と貴和子、理沙の三人は驚きの表情だ。

(二人とも、キスも気持ちよかったけど、女同士でこんな風にして経験を積んできたんだ……)

季之は納得する。

佐和と涼子はお互いキスをしながら着ているものを脱がせあい、今までみんなが座っていたソファーに倒れ込んだ。お互いの舌と手が華麗に舞う。乳房同士が接触し、乳首が屹立する。その乳首が触れ合うことでそれらが風にそよぐように揺れ、それがはかなげな美しさを誘った。

「佐和先輩、ああっ、素敵ですぅ」

「涼子、あたしも気持ちいいわ……」

佐和も涼子も見られていることを意識しているのか、愛撫の動きが大胆だ。それとも、これが佐和と涼子の本来のスタイルなのか。

二人の裸体がピンクに染まり、それが動きの美しさと相俟って、エロティックな熱気が少しずつ零れていく。店内の温度が上がっている。

「あああっ、凄いですね、女同士って……」

季之の耳元で理沙が囁いた。

「そうだね。女同士ってやっぱり違うんだね……」

季之は涼子とも佐和とも肌を合わせているから、自分とセックスをしている時と今の動きの違いがよく分かる。目まぐるしく攻勢が入れ替わり、どんどん二人の呼吸が濃厚になっていくのだ。

男女の愛撫はどうしても一方通行になりがちだ。もちろんシックスナインのように男女が共に気持ちよくなるようなプレイもあるが、そのシックスナインだって、男女間でイカせる競争にもなったりしがちだ。

レズ行為にだって、ネコとタチという攻守があるというが、今の二人はどちらもネコであり、どちらもタチだった。二人がバランスよく攻め合い、二人が一緒に盛り上がっている。最初は嫌がっていた佐和も今は完全にレズ行為に没頭していた。

「女同士って、本当はいやらしいんだ……」

季之がつぶやく。そして季之の逸物はいつの間にか臨戦状態になり、ズボンの前にすっかりテントを張らせている。

見て興奮しているのは、女たちも一緒だった。

「なんか、こんなの見せられると、あたしもしたくなっちゃう……」

「あたしは季之がいい」

「あたしもです」

理沙の言葉に貴和子が反応し、理沙が慌てて同意する。

理沙が季之の股間に手を伸ばしてきた。

「マスターも興奮してますね……？」

「そりゃあね、こんなのを見せつけられたら、興奮するよ」

「じゃあ、あたしたちがもっと気持ちよくしてあげるわ。理沙ちゃん、いいわね」

そう言うなり、貴和子と理沙は季之のベルトを緩め、一気にズボンを引き下ろした。

「ちょ、ちょっと駄目だよ」

ズボンを押さえようとするが、その時には下まで下げられている。

その騒ぎを佐和も気づいているはずだが、涼子との世界に没頭して、季之たちを見ようともしなかった。

全裸になった佐和と涼子は、ソファーの上で、女同士のシックスナインになっている。お互いの指と口で秘苑を交互に愛撫していた。

「涼子のオマ×コ、可愛い……。あたしとキスして、こんなに濡らしちゃって……」

佐和は涼子の陰唇に息を吹きかけながら、舌も使い始めている。

「ああっ、佐和先輩、そんな風に、い、息をかけられると、あああっ、涼子、気持ちよすぎてぇ……」

「ほんとうに涼子は、エッチでいけない子よね。昔より、敏感になっているわ……」

「季之さんとエッチするようになってから敏感になっちゃって……」

「ダメよっ、他人の夫とエッチしちゃあ」

ねっとりと言いながら、荒い舌遣いで涼子を追い込む。

「あっ、あっ、あっ、あああっ、佐和せんぱーい……」

嬌声を上げながらも、涼子の佐和への愛撫も終わらない。いつの間にか、涼子が佐和を攻めている。

「ああっ、ここに、季之さんのものも入って気持ちよくなったんですよね……、ああっ、佐和先輩、き、気持ちいいですぅ」

「涼子も、ああっ、上手だわ……、ずいぶん他の子に鍛えられたのね」

「あああっ、そ、そんなことないですぅ……。佐和先輩が一番気持ちよくしてくれるぅ……」

ペチャペチャという舌を使う音が静寂《せいじゃく》の店内に響き渡る。

その音に惹かれるように、貴和子と理沙は季之の肉棒を交互に扱き始めている。

「マスターのおち×ちん、カチンカチンです」

「本当、こんなに大きく硬くなるんだから、罪なおチ×ポよね」

「ああっ、貴和子……、ああっ、理沙ちゃん……、ああっ、気持ちいいよっ」

季之は声を出さずにいられない。

「あたしはレズするより、やっぱり季之がいいわ……」

「貴和子さん、あたしもおんなじです」

二人の吐息が屹立した逸物にかかる。

「あたしたちも裸になりましょうよ……、理沙ちゃんもいいわね」

「はい、貴和子さん」

理沙と貴和子は交互に肉棒への愛撫を続けながら、器用に裸になっていく。二人の素晴らしいプロポーションが露わになった。

一方、レズ組二人はそろそろ限界のようだ。

「あっ、あっ、あっ、涼子ぉ……、ああっ、ああん、イキそう……、あっ、あ、あ、あああーっ、イクぅ……」

「あああっ、あっ、あっ、あ、あ、あ、佐和せんぱーい……、あたしもイキますぅ……、あああっ、イクぅ……」

二人のよがり声が交差し、同時に果てた。

今、『ＳＡＷＡ』にいるのは、四人の全裸の美女と、上半身だけシャツに身を包んだ季之だった。

貴和子と理沙は、アクメに達した二人を横目に見ながらも、交互に季之への手コキを続けながら、おしゃべりに余念がない。

「わあっ、理沙ちゃんのおっぱいって本当に大きいのね」

「そういう貴和子さんのおっぱいもとても素敵ですぅ。あたしといくつも違わないお子さんがいるなんて、信じられない」

「うふふふ、ありがとう。でもこれだけ大きいと、さすがの季之でもパイズリすると、おち×ちん隠れちゃうでしょ」

「分かりますか？」

「ということは、季之にパイズリしてあげたのね」

「はい、マスター、凄く悦んでくれて……」

「あら妬《や》けるわね……。でもどんな感じか、おばさん、見てみたいわ。して見せてよ」

「マスター、いいですか、あたしパイズリしても……」

「ちょ、ちょっと待ってよ。そりゃダメだよ」

佐和の前で、これ以上のことを始めてしまったら、佐和から婚約破棄を言い渡されてしまいそうだ。

しかし、季之にとって思いがけないことが起こった。絶頂に達して息を整えていた佐和が言ったのだ。

「理沙、あたしも見てみたい。理沙がどんな風に、季之さんをパイズリするのか……」

「季之、お許しが出たわよ。よかったわね。さあ、理沙ちゃん、みんなにどうするのか、見せてあげて……」

「わあっ、ちょっと恥ずかしいけど、頑張ります」

もう逃げるわけにはいかない。

季之はみんなに見えるようにテーブルの上に仁王立ちになる。その前に理沙が正座する。三人の美女たちは、興味津々《しんしん》と言わんばかりに、脇から覗き込んだ。

理沙がHカップの巨乳を両腕で持ち上げる。それでなくても大きな肉球が、一段と大きくなる。理沙はそのまま膝立ちになり、下から斜め四十五度に突きあがっている季之の逸物を挟み込んでいく。

「わあっ、凄い。この太いのがほんとうに隠れるんだ」

驚きの声を上げたのは涼子だ。涼子と佐和は、二人で絶頂後の気怠《けだる》い愛撫を交換しながら、興味深そうに見ている。

実際は全部隠れているわけではない。長めのソーセージが挟まれたホットドッグのように、亀頭は半分見え隠れしている。

「この見え隠れしているおチ×ポ、そそられるわね」

貴和子が舌なめずりをしている。

理沙は口に唾液を溜めると、その先端を目がけて、たらりと垂らした。

年上の美女たちの目がきらりと光る。その厳しい目を見返すように、理沙はゆっくりと挟んだ乳房を上下させ始めた。唾液がちょうどよい潤滑油《じゅんかつゆ》となり、肉棒がぬちゃぬちゃと音を立てながら、上下に扱かれる。

「マスター、あたしのパイズリ、いかがですか？」

「ああっ、理沙ちゃん、柔らかくて気持ちがいいよぉ」

ほんとうに天に昇るような気持ちよさだ。ギャラリーに見られているのは恥ずかしいが、その見ているのが、全て自分が身体の奥の隅々《すみずみ》まで知っている女たちだと思うと、恥ずかしさが誇らしさに変わる。

佐和と結婚したい気持ちに変わりはないが、この乳房の感触をもう体験できないのかと思うと、残念なことこの上ない。

「理沙は気持ちいいの？」

佐和が季之の恍惚《こうこつ》とした表情を確認しながら、理沙に訊いた。

「あたしも気持ちいいです。ごつごつした感じがおっぱいに伝わって……、あああっ、最高なんですぅ……」

理沙は、そう答えながらも、乳房の上下運動に余念がない。

季之の逸物は、先端が唾液と先走り液ですっかりてらてらに輝き、その楔型《くさびがた》がさらにはっきりと盛り上がる。

「ああっ、おしゃぶりしたくなるぅ……」

理沙がパイズリを続けながら叫んだ。

「ダメよ、それは。おしゃぶりしたいのはみんな同じなんだから。涼子先生も佐和も、そうでしょ？」

「理沙ちゃん、あたしに譲って！」

「理沙、もうおしまいにして、あたしに代わるのよ」

貴和子の言葉に、涼子も佐和も自分の欲望をむき出しにする。

「じゃあ、交替でフェラしてよ。理沙ちゃんは後でしてもらうから。パイズリ、気持ちよかったよ……じゃあ、最初は佐和からお願いするよ……」

調子に乗った季之が命令すると、理沙は季之に言われたなら仕方がないと思ったのか、挟み込んでいた怒張を顕わにすると、後ろに引き下がった。

代わってテーブルの上に登るのは全裸の佐和だ。さっきまで涼子の股間を愛撫していた舌が、ペニスを包み込む。上目遣いで将来の夫を見上げた佐和は、ねっとりと舌を亀頭に絡ませる。

亀頭全体を細やかに舐めまわすと、亀頭全体を口の中に送り込んだ。

「ジュボ、ジュボ、ジュボ、ジュボ」

顔がダイナミックに前後に動き、それに合わせて長い肉茎が見え隠れする。

見られていることが気持ちを昂らせているのか、佐和のフェラチオは前回よりもダイナミックだった。

それが季之の股間の興奮と緊張を、どちらも昂らせる。気持ちがいいが、心臓のドキドキもまた凄い。この何とも言えない感覚は、見られながらしているからなのだろう。

「佐和、気持ちがいいよぉ……、気持ちがよくて、ヤバそうだよぉっ」

「いいんですよ。あたしのお口に『どぴゅ』って出していただいても……」

「それはダメよ。まだあたしはフェラしていないんだから……」

貴和子が年長者の強みで止めに入る。

「そうだね。佐和。今日は平等にしなければいけないみたいだよ。残念だけど、涼子に交替して……」

その声が聞こえた途端、涼子は物欲しげにテーブルに上がり、レズのパートナーを邪険に引き離そうとする。

「佐和先輩、季之さんがそう仰っていますよ。あたしに代わってくださいね」

「季之さんたら、ほんとうに美人に弱いから……」

佐和は愚痴っぽく言いながらも、涼子に肉棒を譲る。

「うふふ、季之さんのこれ、ほんとうにおしゃぶりし甲斐があるわ……」

涼子が嬉々として、口に送り込む。

「涼子も、ほんとうに僕のおち×ちん好きだよね」

「そうなんですよ。こんな禍々《まがまが》しくて、全然可愛くないのに、季之さんのおち×ちんだけは別なんです」

涼子はバイセクシャルだが、どちらかと言えばレズ指向が強い。しかし、季之だけは別格だというのだ。

「僕と佐和のどちらかしか選べなかったら、どっちを選ぶの？」

「そんなの、選べません。二人が結婚するなら、二人のペットになるのが一番いい」

真剣に「ジュボッ、ジュボッ」と音を立てている。

「ああぁっ、最高に素敵ぃ」

溜息をついて、顔を前後に振る。三人の唾液で黒光りする禍々しい逸物が、百合の花のような口から出入りする様子は圧巻だ。佐和と涼子のフェラは違いの方が大きいが、続けざまにされていくと、その興奮は継続されて、海綿体への血液の流れ込みがますます激しくなる。

「ああぁっ、気持ちいいっ」

「あたしより気持ちいいっていうことはないですよね」

心配そうに佐和が尋ねる。

「どっちがいいなんて、順番を付けられないよぉ、どっちも素敵すぎて、ああっ、腰が砕けてしまいそうだよ」

季之は事実あまりの気持ちよさに、下半身の感覚が麻痺《まひ》し始めている。仁王立ちになっているのも限界が近かった。

「涼子、ちょ、ちょっとごめん。パイズリとフェラがあまりに気持ちよすぎて、もう立っていられないよ……」

そう言いながら、季之は涼子に愛撫をやめさせると、そのままソファーに崩れ落ちた。

「季之がこんなになるなんて、思っていなかったわ。でも季之のおち×ちん、ほんとうに素敵だからね」

ソファーの上で半分伸びている季之の、しかしながら硬さも太さも全然変化のない巨根を頬張ったのは、もちろん貴和子だ。

　貴和子の口の動きもダイナミックだった。佐和、涼子の二人の技を見て発奮したのか、貴和子の攻勢も鋭い。

「ああっ、貴和子の口もエロすぎて、ああっ、ヤバい、ヤバいよぉ……」

　季之の切羽詰まった声に、貴和子の動きがますます激しくなる。フルートを吹くように舌を丸めてタンギングを繰り返しながら、パワーあふれる動かし方をしている。

「あっ、あっ、き、気持ちいいけど、お、お願いだから……、ああっ、理沙ちゃんに譲ってあげて……」

　このままいけば、同級生の口中発射間違いない中年男は、切羽詰まった声を上げる。

「あら、あたしのフェラじゃあ、ご不満？」

「そ、そうじゃなくて……、気持ちよすぎてヤバいんだよ……」

　三人とも絶品のフェラだった。季之は交替のインターバルで興奮をある程度鎮めている。しかし、すっかり落ち着く前に次のフェラが始まるから、相手が変わる度《たび》にどんどん興奮が高まり、限界に至る時間が短くなっている。

「あたしのお口に出して構わないのよ」

「ああっ、それはダメっ、季之さんの精液はあたしのものなの」

「ああっ、それであたしがフェラできないのは不公平です！」

貴和子の妖艶なお誘いの言葉に、佐和と理沙が二人同時に叫んだ。

3

「じゃあ、理沙ちゃん、頼むよ」

無理やり貴和子の口から引き抜いた季之は、亀頭を理沙に向ける。

「ああっ、やっとあたしの順番なんですね」

「いいよっ、たっぷりおしゃぶりしてくれて……」

「でも、皆さん、お上手ですよね。あたし、あんなに上手にできないですぅ……」

そう言いながらも、理沙は何の躊躇もなく、怒張を喉の奥まで送り込んでいく。

口腔全体で肉棒を締め付けると、舌を動かし始める。

気持ちいい。しかし、経験の差は如何《いかん》ともし難《がた》いようだ。やはりその気持ちよさは、佐和や貴和子に劣るのが本当だ。しかし、その分、理沙はひたむきだった。その熱意が男の股間をさらに熱くする。

季之は佐和の顔を見た。悔しそうというような表情はなく、純粋に驚いているような顔だ。

（さっきの涼子の提案、いいかもしれないな……。上手くすれば、全員ハーレムもありかも……）

佐和と結婚して涼子は夫婦共通の愛人にする。貴和子との不倫を佐和に了解させて、理沙もその輪の中に入れてしまう。さっきまではそんなことは考えてもみなかったが、今の佐和の様子を見てみればありえない話ではなさそうだ。

それに、もう一つ嬉しいことに、四人と付き合うようになってから、季之は精力が上がってきた。まだ一回のデートで二回発射までしか経験はないが、三回までなら可能だろう。ひょっとしたら四回もいけるかもしれない。

（だったら、今日は全員中出しでイカせて……）

その結果、佐和に振られるなら仕方がない。季之は腹を括った。

「佐和、涼子、また二人で愛し合ってよ。凄く興奮できるんだ」

季之の指示に、涼子は佐和にすぐキスを求める。佐和も満更ではなかったようだ。女同士の愛撫が再開される。

一方で、理沙の口唇愛撫が続いている。気持ちよさが股間から全身に響いている。少し稚拙なフェラチオではあったが、季之の限界は、もうそこまで来ていた。

「ああっ、いいよっ、理沙……ちゃん……」

感動の声を伝える。その声を聞いた理沙はますます熱心に奉仕する。

季之は熱心に動かしている顔に両手をあてて止めさせた。両脇に手を添えて立ち上がらせる。

「さあ、理沙ちゃん、自分から繋がってくるんだ」

「あたしが最初でいいんですね」

季之が頷いて見せると、理沙は嬉しそうに膝に乗ってくる。

「もう全く、若い子、好きなんだから……」

貴和子が笑いながら言ったが、邪魔することはない。

「お先に失礼します」

理沙は年上の美女たちにそう言うと、季之の肉根の根元を押さえ、自分の秘苑にあてがった。ゆっくり腰を沈めてくる。

「ああっ、マスター凄いですぅ……」

ずぶっ、ずぶっと音を立てるように逸物が中にめり込んでいく。

「あっ、あぅ、あ」

よがり声を上げながら、一番奥まで送り込んだ。若い狭隘な肉襞がきゅっと締め付ける感触は、中年のペニスにも最高の快感を与える。

「ああっ、凄いぃぃっ」

対面座位で繋がった女子大生にあえてキスを求めていく。理沙はもちろん大歓迎だ。佐和と涼子は隣のソファーですっかり二人の世界に入っている。

佐和と涼子の熱心さに負けないようなキスを理沙に求める。お互いの舌が絡み合い、唾液がかき混ぜられる。利用して下から突きあげる。その動きに合わせるように、季之はソファーのスプリングを利用して下から突きあげる。最初は軽く、だんだん強く激しく腰を動かす。

「ああっ、ああっ、ああん」

理沙は気持ちよさに口づけをやめ、背を後ろに反らせる。季之はそれに乗じて、腰を動かしながら、リップによるキスを首筋から胸に向かって下げていく。Hカップの頂点を甘噛みしながら腰を淫靡に擦ってやると、亀頭がGスポットを擦り、理沙が切なそうに乱れる。

「いいっ、いいのっ、中がヒクヒク言っているの……」

理沙のパイズリと、四美女によるフェラチオで、季之の限界も近かった。

理沙の中で限界の震えが走り始めている。それが、理沙の快感をますます昂進する。

「あっ、あっ、あっ、あっ……」

理沙は髪を振り乱して踊る。

「気持ちいいのぉ、ああっ、イクぅ、イクぅ……、あああっ」

理沙が季之の膝の上で硬直した。急な締め付けが射精のスイッチを押した。

「ああっ、僕もイクぅ、ああっ、出るっ」

最後は暴発気味だった。白濁が、女子大生の子宮を襲う。その快感に押されるように、季之の上で崩れる理沙。

季之は射精後の余韻を楽しむ余裕も与えず、理沙を払いのけるようにして立ち上がった。激しい興奮がまだ季之を支配している。理沙の中から出てきた逸物が理沙の愛液と自分の精液まみれになって湯気を立てている。

季之はそれを拭おうともせず、「貴和子」と、すぐさま同級生の手を取った。

「えっ、ど、どうするの」

思いがけない速攻に驚いた貴和子を前かがみにさせ、手をテーブルに置かせると尻を突き出す形になる。

「ああっ、こんな格好で……」

「でも、貴和子のここ、すっかり濡れているよ」

動かされた勢いで、溜まった蜜液が足を伝わって落ちている。

「後ろから入ってもいいよね」

「あああっ、こんな姿勢でしたことない……」

真っ赤になって恥ずかしがる同級生の淫穴に、季之は後ろから逸物を添わせる。

「いやらしい体位を初体験してもらおう」

そう言うなり、季之は一気に突き入れた。

「あああああああっ……」

獣のような体位での挿入に、上流夫人はあられもない声を上げた。

「す、凄いわ、季之ぃ……」

すっかり潤っていた同級生の蜜壺は、季之の巨根を躊躇なく受け入れ、温かく包み込む。いつもと反対のポジションで挿入すると、締め付けがいつもと違って新鮮だ。

「おおっ、貴和子ぉ、ああっ、名器だ」

立ちバックは相手の顔を見ることはできないが、周囲の状況を観察することができる。

季之としては怒張で貴和子を雄渾《ゆうこん》に屠《ほふ》りながら、その男らしさを周囲に見せつけるのが戦略だ。あわよくいけば、自分が全員と関係することを嫁になる佐和に認めさせることができるかもしれない。

季之は冷静だった。その視線の先に佐和がいる。

佐和と涼子は、まったりと二人の世界に入っている。春の海のような快感溢れる波の中に二人は泳いでいるのだろう。

「ああっ、あっ、あっ、あっ、ああん、いいの、涼子」

「佐和さん、ああん、ああっ、あん、あん、あん」

二人のよがり声が響く。その佐和に季之は視線で念を送る。

(こっちを見て、僕が貴和子をイカせるところを見るんだ……)

季之は腰の動きもおろそかにしなかった。円を描くようにピストンを行う。激しいピストンではないが、ロングストロークで、美女の蜜壺全体を肉茎が塗《ぬ》りつぶすような動き。

これは貴和子が気に入った様子で、よがり声が一気にいやらしい響きに変化する。

「あっ、あっ、凄いぃ、凄いのぉ、ああっ……、やっぱり、季之が一番いいの……」

そのあられもない絶叫に、佐和と涼子も自分たちの手を休めてこっちを見た。

「何、これ!」

佐和が驚きの表情で手を口に当てている。

季之の目と佐和の目とがあった。季之は雄渾に腰を使いながら、佐和の目を見つめ続ける。季之は先に目をそらした方が負けだと思った。貴和子の中の快感に溺れそうになりながらも気持ちは精一杯佐和に向ける。

先に目をそらしたのは佐和だった。というよりも、佐和は季之の顔ではなく、貴和子の顔を見るようになったのだ。

「貴和子さん、綺麗」

佐和は、貴和子の恍惚の表情に感じ入ったようだった。その感動をさらに増幅させるように、季之は腰の動きを加速させた。

それは「女」という獣を屠る狩人の姿に他ならなかった。

貴和子が、眉間に皺を寄せて、絶頂を訴える。

「ああっ、イクっ、イクっ……、ああっ、あたし、季之から離れられないの……、ああっ、イクぅ……」

貴和子は周囲に自分の気持ちを訴えるつもりだったのか、季之と二人だけでいる時よりも雄弁だった。そして、立ちバックという体位もあるのか、いつもと違ったポジションで季之を締め付けてくる。

「ああっ、僕もイクぅ……」

「ああっ、季之ぃ……、一緒に……」

「貴和子、一緒にイこう……」

普段の上流夫人の姿をかなぐり捨てた貴和子は、淫婦に変身していた。その姿に酔いしれながら季之も極みに至った。

美熟女の絶頂で急にきつくなった締め付けに促されるように逸物が膨張《ぼうちょう》し、熱い樹液が放たれた。

「ああっ、季之の……、ああっ、精液があたしを季之色に染めているぅ……、あああっ」

見られている興奮が、エクスタシーのスパイスになっていた。貴和子は三美女の視線に、さらに興奮しながら季之の精液を身体の奥で受け止めていた。

季之は精液を貴和子に注ぎ込みながら涼子を見る。

涼子は貴和子の絶頂とともに、佐和の様子も気にしているようだった。

季之は強烈な快感で、床にへたり込みそうになっていたが何とか耐えて、涼子に声をかける。

「二人で……」

この一言で涼子は季之が何をしようとしているか、気づいた。

涼子はまた佐和に向かっていた。涼子の唇が佐和の首筋に触れる。吐息が性感帯を刺激するようで、佐和が控えめな声を発した。

「ああっ、涼子……」

今は、男役が涼子だった。涼子の手が佐和の弾丸乳房を柔らかく揉んでいる。唇同士が密着し、ソフトに唾液の交換を行っている。

そこに、二人に放出しながらも、まだその威力を衰えさせない逸物を振りかざしながら、季之が二人の交姦の続くソファーに移動して、佐和の腰に柔らかく手を置く。

涼子に目配せをすると、涼子は佐和とのキスの吸い付きを激しくする。

「ううっ」

佐和はくぐもった声を上げると、レズの毒の快美に身体を震わせる。

季之が佐和の腰を持ち上げる。

佐和は気づいて逃れようとするが、上半身を涼子がしっかり押さえ愛撫を続けているので、身体に力が入らず逃げることができない。

季之は佐和の両足の間に身体を入れ込むと、透明の粘液が零れる女の中心に顔を近づけた。唇を花弁に触れさせる。

「ああっ」

身体がピクリと震え、涼子のキスから口を外す。

「季之さん……」

「僕と涼子のダブル愛撫を楽しむんだよ」

季之は涼子とのアンサンブルで、佐和を今まで以上に天に昇らせるつもりだ。

共犯者となった涼子は、首筋から肩、胸に向かって唇を移動させていく。

「ああああっ、涼子」

涼子の愛撫も佐和の性感を際立たせる。

季之は、涼子のリップの動きを確認しながら、唇を秘穴に密着させ、中の蜜液を啜り上げる。

佐和はもう、抗わない。

「あああっ、季之さん……」

佐和は季之と涼子の攻めの強弱に合わせて、二人の名を呼び、快美の声を上げる。

「吸ったら、いつも以上にエッチ汁が湧いてくるよ……」

「ああっ、そ、そんなあ……」

「ほら、凄いよ……」

「ヒイッ、あひぃ……、あああん……」

季之は鼻の頭で小陰唇を刺激し、舌を長く伸ばして肉襞を擦っていく。レズの愛撫ですっかり燃え上がっている熟女の身体は、すぐさま絶頂の痙攣を起こす。

「ああっ、ああっ、イクぅ……」

二人から攻められていることがさらなる快感を導かれている様子だ。

季之は膣内だけではなく、鼻先で押さえていただけのクリトリスも舌で刺激し始める。

「ああっ、ダメぇーっ」

アクメの痙攣をものともせず、季之はクリトリスを刺激する。涼子もすっかり屹立した佐和のロケット乳首を舌先と歯を駆使しながら愛撫し続けている。

季之はもちろん二所攻め、三所攻めを一人で行うことがあるが、この場合どうしても主たる攻め場所はひとつになり、他の場所は従的にならざるを得ない。しかし、二人で協力すれば話が違う。主たる攻めどころが二箇所になるのだ。性感帯をダブルで攻められることで、アクメの高さがより高くなり、落ちることもない。

「ああっ、あっ、あっ、ああっ、またあああああっ……」

佐和には、ひとつの絶頂の波が収まらないうちに次の波が来ていた。

「ああっ、狂ってしまうぅぅぅぅ……」

佐和の叫び声が店内に響く。

「凄いですね、ママ」

「あんなお淑やかな佐和でも、こんな声を出すようになるのね……」

既に中出しの快感から正常に戻った理沙と貴和子は、３Ｐを覗き込みながら感心して見ている。

季之はギャラリーの視線も感じている。

（しっかり見せつけてやる……）

季之は佐和を徹底的にイカせることで、他の女たちも全員自分から離れなくさせるつもりだ。

（佐和とは結婚する。でも貴和子も涼子も理沙も自分と離れさせなくする）

そう念じながら愛撫を続けている。季之は、その意気込みをオーラとして出しながら佐和を愛撫することで、佐和に最上の快感を味あわさせられる、と信じていた。

季之の舌先は疲れを知らないバイブのように小刻みに動き続ける。涼子の乳房愛撫も終わりを知らない。

佐和はもう何度イッたか分からない。しかし、それでも新たなアクメに達する。

「と、季之さあーん、ああっ、りょう、涼子ぉ……ああっ、また来るぅ……。あっ、あっ、ああっ、イッちゃうぅぅぅぅぅ」

佐和の絶叫が止まらない。

分泌される愛液の量もますます増え、そこから漏れ出す酸味がかった芳香がこの室内にいる全員の性感を高めている。

貴和子と理沙が二人で愛撫の交換を始めている。二人はレズの経験もレズの体質もなかったはずだが、三人プレイの熱に浮かされたらしい。

季之は溢れる愛液を一滴《いってき》も零さぬ思いで吸い取り、呑んでいる。

涼子の乳房愛撫もますます好調だ。

涼子と二人掛りの愛撫は、佐和にこれまで見たことのないようなアクメの爆発を導いた。

「イクぅぅぅぅぅぅぅ」

既に絶叫で快感を叫び続けていたためか、最後は声がハスキーになっている。しかし、その快感の爆発はすさまじく、涼子が跳ね飛ばされるほどだ。

背中を大きく海老反りにし、腰が大きく浮き上がる。季之もその激しさについていけず、今まで密着したままだった口が遂に離れた。

次の瞬間、その顔に向けて、佐和の股間から透明の液体が噴き出し、季之の顔を直撃した。

「わっ」

潮を吹かれるとは思っていなかった季之は驚きで目をぱちぱちさせる。しかし、自分の最愛の女が、自分の愛撫で潮を吹いてくれたことで、季之は感動する。

佐和は絶頂の世界からまだ普通に戻れない様子で、口もきけないでいた。

「女ってここまでイケるんですね……」

共犯者の涼子が感動したように口走る。

「涼子、君だって、ここまでイケるよ。でも悪いけど、今日はもう、佐和だけに専念させてくれ……」

「うふふ、分かっていますよ。季之さんの考えていること。……その代わり、佐和さんと結婚したら、あたしをちゃんと二人のペットにして可愛がってくださいよ」

「あ、その時は、あたしも気持ちはマスターの第二夫人になります」

理沙が耳敏く言ってくる。

「理沙ちゃん、ダメよ。第二夫人はあたし……」

「エーッ、貴和子さんは旦那さんがいるじゃないですか……？」

「あの人とは家庭内離婚したの。もうあたしの本当の夫は季之だけ。季之にも、あたしのオマ×コには季之のおち×ちん以外は入れない、って誓《ちか》ったもの……」

「えー、それってズルくないですか……？　それならあたしだって、マスター以外の男の人に抱かれないって誓います」

佐和の潮吹きと、女同士の痴話に季之の興奮がますます高まった。ついさっき二度も出したばかりなのに、もうすっかりカチンカチンになっている。

「さあ婚約祝いだ。佐和、みんなの見ている前で、佐和に中出しするよ」

「ああっ、季之さん、嬉しい……、来てっ」

佐和は三人の目を全く拒まない。

潮吹き後の媚肉はほとんど蕩けきっていた。季之は婚約者の膣口に切っ先をあてがう。

「みんな見ていてよ。僕と佐和の婚約祝いのセックスを」

「みんな見てね……」

佐和もこの異様な状況に浮かされてか、恥ずかしい言葉を自ら発していた。

季之は佐和の顔を見た。派手ではないが整った美貌が切なそうに見上げている。

「ああっ、佐和っ、愛しているよ」

季之はゆっくりと腰を沈めていく。亀頭が陰唇を押し開き、すっぽりと一番奥まで達する。

「ああっ、季之さん、季之さんと繋がっているの……。あたしは夫と繋がっているの……。ああっ、みんな、見て……」

三人の女たちが息を呑むのが見える。自分が中出しされるのとは、また違った印象があるのに違いない。

「どうだ、僕と佐和が繋がっている様子は……」

「ああっ、素敵ですよ」

「あたしも、またそのおち×ちんで愛されたいです」

「あたしだって」

涼子、理沙、貴和子が口々に答える。

「そ、そんな、このおち×ちんは、あたしだけのものなのに……」

佐和は残念そうに答えた。

「じゃあ、僕と結婚するのをやめて、もう、僕とエッチしないかい？」

季之は突き込んだ逸物で、佐和の蜜壺をかき混ぜながら、そう問うた。

「季之さん、ズルいですぅ。こ、こんなに気持ちいいことしているときに、そんなこと言えないですぅ……」

「でも言って欲しいなあ、僕の奥さんになって貴和子や涼子や理沙ちゃんと一緒に僕に尽くしてくれるのか、それとも、こんなひどい僕とは別れるのか……」

季之はカリ高の怒張を膣襞に覚え込ませるようにゆっくりと擦りつけていく……。

「ああっ、あっ、あ、あ、あ……」

季之が一センチ動かすたびに新たな快美の声が上がる。

「さあ、どうなの？」

季之が、かさにかかる。

「そ、そんなの、わ、別れられないっ」

「ようし、僕が、貴和子や涼子や理沙ちゃんとセックスしてもいいね」

佐和は躊躇する。そこに季之は逸物を動かすストロークを大きくして、蜜壺をかき回す。

「ああっ、それっ、ああっ、ダメぇっ……」

「しちゃだめなのかな……？」

季之は腰の動きを止め、意地悪そうに再度問う。

「ああっ、だ、だからっ……」

「だから、何かな」

「ああああっ、季之さんが、してもいいから、あたしを一番愛して、い、一番あたしを気持ちよくして……」

「よく分からないな。僕が誰と何をしていいのか、はっきり言ってよ」

「ああっ、ひどいっ……、あああっ、季之さんが、貴和子さんや、涼子や、理沙とこれからもエッチしていいです。そ、その代わり、一番エッチするのは、あ、あたしだと約束してください」

「ああっ、よく言ったよ、佐和。約束する。僕が一番愛しているのは佐和だよ。だから、一番エッチするのも佐和だよ」

季之は佐和にそう言うとみんなを見渡した。

「みんなもこれからは僕の奥さんだよ。法的な奥さんは佐和になるけど、みんなも大切にするからね」

「ありがとう、季之、佐和」

「あたしは季之さんと先輩のペットになれるんだ。嬉しい……」

「マスター、ママ、これからもよろしくお願いします」

貴和子、涼子、理沙が口々に言った。

「よし。これでこれからのことが決まったね……。あとは、佐和に最高の気持ちよさを味わってもらうだけだね……。みんなも手伝って……」

女同士の愛撫が再開された。

その気持ちよさに佐和がまた身体をくねらせる。

「あっ、あっ、あっ、ああん、身体が熱くなるぅ……」

季之はそれを視認すると、自分の腰のピストンを再開させる。

最初はゆっくり、だんだんスピードを上げていく。

それだけで、佐和の身体のうねりが変化する。佐和の腰がピクッ、ピクッと律動し、まとわりつく媚肉の動きがさらにねっとりとしてくる。

(ああっ、凄いっ、最高だよっ……)

佐和の見せる無意識の性技に感動しながら、季之も腰の動かし方を変えていく。

「ああっ、ああっ、みんなにされると、こんなに気持ちいいなんて……」

「僕も佐和の中が最高に気持ちいいよぉ……」

全員の愛撫が佐和に集中して、その佐和の快美が、膣襞から季之に伝播しているに違いない。季之にとって、ここまで気持ちのよいセックスは初めてだった。

「ああっ、オマ×コが蕩けそうなのぉ……」

佐和は卑語で自分の気持ちを伝える。

季之もあまりの気持ちよさに、既に二人に出しているにもかかわらず、射精への欲求が高まり始めている。

みんなと一緒に最高のセックスにしたい。その気持ちを込めて抽送《ちゅうそう》する。締め付けの心地よさを感じながら、抽送のスイッチを切り替える。中出しのための本気の抽送。動きが激しくなり、ソファーが軋《きし》み音を立てる。

その激しさにいつの間にか、女たちの愛撫がなくなっている。みんな、嬉しそうに見ているだけだ。

(よおし、最後は俺の力だけで、最高の快感を味わわせてやる)

気持ちを高めて、腰を動かす。

「ああっ、あっ、ああん、あっ、あっ、あっ、いいのっ、最高なのっ……。ああっ、あっ、イクぅ、イクぅ、あああああ……」

突き上げるたびに潮が吹き上がる。もう、このソファーは使えないだろうな、と思いながらも、その快感にピストンをやめられない。二人のねっとりとした交接臭が店内に充満する。

本気のピストンゆえに季之の限界も早かった。

「ああっ、佐和、出るぞ」

婚約者の中で逸物がさらに膨れ上がる。急ピッチで作られた精子が精巣から送り出される。

「ああっ、来てぇ、ああっ、感じるぅぅぅぅ……」

媚肉の中で放出が始まる。根元まで挿入したところでペニスが跳ね回る。膨れ上がった亀頭から絞り出すように膣肉が締まり、全てを中に吸い上げる。

「子宮がぁ……、ああっ、最高に気持ちいいぃぃぃぃ……」

佐和の快美の叫びに三人の美女たちが、全裸の腰をもじもじ動かした。まだ挿入に至っていない涼子だけではなく、まだ季之の精液が中にあるはずの貴和子や理沙も同じだった。

季之は最高の気分だった。

その気持ちを維持しながら、結合したまま佐和をぐっと抱きしめる。

誰ともなく、拍手をし始めた。

季之は結合したまま佐和を立ち上がらせると、みんなの前で、佐和に熱い口づけをした。


（了）

※本作品はフィクションです。作品内に登場する
団体、人物、地域等は実在のものとは関係ありません。

ふしだら近所《きんじょ》づきあい
〈書き下ろし長編官能小説〉
2020年10月12日初版第一刷発行

著者……………………………………… 梶 怜紀

デザイン………………………………小林厚二

発行人…………………………………後藤明信
発行所……………………………株式会社竹書房
〒102-0072　東京都千代田区飯田橋2－7－3
電　話：03-3264-1576（代表）
03-3234-6301（編集）
竹書房ホームページ　http://www.takeshobo.co.jp
印刷所…………………………中央精版印刷株式会社

定価はカバーに表示してあります。
乱丁・落丁の場合は当社までお問い合わせください。
ISBN978-4-8019-2436-9 C0193